雲水千重

靳山——著

目錄

前言

小時候跟著外公外婆搖著蒲扇看花鼓戲，對《女駙馬》的印象深刻。電腦的網易雲歌單裡仍有《女駙馬》的插曲，偶爾還會翻出來聽聽，「爲救李郎離家園，誰料皇榜中狀元……我也曾赴過瓊林宴，我也曾打馬御街前……」特別喜歡這幾句。

戲裡面說的是女扮男裝的馮素珍進京趕考，偶中狀元，被皇帝強招爲駙馬，我自小記得這個情節。後來看的小說和電視劇多了，漸漸發現女扮男裝實在算不上是個新鮮的哏，但是在《雲水千重》這個故事裡，我還是選擇了這一元素——女扮男裝的女主。

那是一個人命如草芥的年代，想要活下去，就得拋棄一切軟弱的、怯懦的東西，把自己一層一層包裹起來，在外面形成一個堅硬的殼，才不至於被刺傷，被人一刀致命。

我想要寫一個不輸於男子的女子，她堅韌如蒲草，敢愛敢恨，從不吝嗇喜歡，愛上便是愛上，一旦被背叛被拋棄，亦能從痛苦中抽身果斷離去。

所以才有了樓毓這個角色。

她是當朝的少年丞相，也曾奔赴沙場率兵把侵略者打得落花流水，拉過大弓，在滿天黃沙中飛馳，她有她要守護的東西，譬如母親樓寧，譬如樓淵。

我一直在想，當樓毓的世界坍塌，樓寧離世，樓淵背棄她之後，她該如何活。一直以來苦苦支撐一個人的東西碎裂，分崩離析，那這個人是不是就會倒下去？可她是樓毓，她是樓寧教大的孩子，在逆境中長大，受到百般磨礪，一步一步走到今天。無論何時何地，遭遇了什麼，她總能想盡一切辦法活下去。

所幸還有另一個人在等她。

這個故事中我自己最喜歡的一個角色，是樓毓的母親——樓寧。在故事開始之前，準備人設和大綱的時候，我對於樓寧這個人就有種莫名的期待，躍躍欲試，搓手。

還有她與蘇凊讓之間的愛情，他對待樓毓的態度，當時光腦補都覺得很過癮。後來真正寫她這條線的時候，算是比較順利的。

這個稿子有諸多不完美的地方，各種小瑕疵，頭一次嘗試這種古代架空的題材，總會有許多不盡如人意的地方。我想起當初第一次上國畫課的自己，精心備好了筆墨工具，鋪好了宣紙，一筆一筆想要把心裡的那塊礁石勾勒出來，墨濃了，墨又淡了，下筆太重，手抖了一下……戰戰兢兢，總擔心出問題。

但好在，最後這份答卷不算太糟，我完成了這個故事，女扮男裝的樓相有了圓滿的結局。

我也相信，這只是一個開始。

靳山

二〇一七・六・一二

第一章　等閒變卻故人心

壹

近來到了梅雨季，南方洪澇多發的時節，樓淵本該很忙，樓毓卻日日能在自己的丞相府裡瞧見他。

樓毓覺得納悶。

她坐在庭院裡的一大叢翅果連翹旁，細碎的白花如團團雲霞懸在頭頂搖搖欲墜，木盅裡兩隻蟋蟀正鬥得激烈，搏命廝殺。

「黑將軍，上——」樓毓拍腿，睜大眼睛看得起勁就喊了出來。

她再抬頭時，萬壽廊的拐角處顯露一片墨色的衣角，有人踏風而來。

她笑望著來人，問：「阿七，怎麼又有空來，你不忙嗎？」

樓淵步步走近，拎來兩罈子小酒，拔開木塞，繞過小石桌給樓毓滿上一杯。

「我過來看看你。」

偌大的丞相府裡，只有一個拿掃帚的老家僕從廊上經過，朝樓淵欠了欠身，又佝僂著背掃偏院去了。

花木深深，翠鳥停在樹梢頭吱吱叫，暖陽高照。

醇醇酒香撲鼻，樓毓伸出舌頭舔了舔，道：「你不忙著愁抗洪救災的事，過來看我？」她狹長的眼角倏地往上一挑，立即警鈴大作：「莫不是——你做了什麼對不起我的事，心中有愧？」

說者無意，聽者有心。

樓淵少年老成，冷峻的面容上恰到好處地鑲嵌著一雙冷清的眉眼，鋒利得像一柄剛出鞘的劍，泛著瑩潤又懾人的光。他手持青瓷杯，喝了口酒，一個攏袖抬手的動作，把情緒遮掩得滴水不漏。

「怎麼不說話，被我猜中了？」樓毓推開木盅，也不關心兩蟋蟀誰死誰活了，眼睛仔細盯著樓淵，想從他臉上看出一分端倪。

樓淵默不作聲。

樓毓瞧了他一會兒，覺得沒趣，問道：「阿七，你可知你長大後，變得最討人厭的一點是什麼嗎？」

樓淵眼潭無波無瀾。

樓毓兩隻魔爪襲上對方白玉臉龐，往旁邊一扯，強行揚起一個笑弧：「便是像現在這樣，將心思藏得深，連我竟也不知道你在想些什麼……」

「一點也不討喜了。」

樓毓常年習武，手握刀槍，指腹結了一層繭子，帶來粗糲又微涼的觸感。

樓淵拂開她的手：「我自幼便是如此不討喜。」

「非也。」樓毓搖頭，「你自幼便是個溫良如玉的小公子，長大後是個清朗俊俏的七公子，我可一直喜歡得緊。樓府上下那些人，欺你幼時羸弱，伶仃無依，當初虧待於你，那是他們眼瞎。」

杯中酒喝得不盡興，她端起罈子，猛灌了一口：「也就只有我樓毓，火眼金睛，識得良人。」

「阿毓，你如此放浪形骸，就不怕落人話柄嗎？」

樓毓大笑出聲，一拂袖，雙腳筆直搭上石桌，沒個正形：「在這相府裡，我是相爺，除了兩丫鬟、一老僕、一花匠、一廚子，就只剩些花花草草蟲魚鳥獸，它們還能去皇帝面前參我一本不成？」

樓淵道：「你活得太恣意了。」

他今日帶過來的是瓊液酒樓新推出的醉仙釀，後勁極大。樓毓囫圇吞咽了一罈，再被和煦的風一吹，額頭重重磕在他肩膀，醉醺醺道：「阿七，是你活得太壓抑了——」

樓淵心下一窒。

蛊內的兩隻蟋蟀已經偃旗息鼓，兩敗俱傷，雙雙被咬死。

天剛入夜。

樓毓再醒來時，發現自己和衣躺在屋內的榻上。

兩旁的窗軒敞開，淅淅瀝瀝的斜雨飄進來，滋潤著兩盆鹿銜草。五月正是開花的季節，白瓣黃蕊，熱熱鬧鬧地擁擠在直直的莖稈上，被打溼的翠綠葉片反射出粼粼的冷光。

她呆呆望著某一處，不知在想什麼，坐了會兒醒神，才張口叫道：「人呢？人都哪兒去了？」又清了清嗓子，「大喵……小喵……快來伺候你們相爺寬衣就寢了……」

一陣倉促的腳步聲響起，兩個丫鬟端著熱水趕過來：「來了來了，爺，您酒還未醒，若頭暈就先躺著，別亂動。」

這相府上僅有的兩個婢女，是一對雙生子，姐妹倆長得如花似玉，清秀溫婉。獨獨名字有些難聽，大的叫大喵，小的叫小喵。

樓毓當初一聽就樂了：「有哪個不長心的爹娘會給自己的小嬌娃取這等小貓小狗的名字？」

大喵、小喵卻說：「我們爹爹說了，賤名好命。」

可見她們還挺滿意這名字，樓毓也就隨她們去了。

大喵擰乾熱氣騰騰的帕子，給樓毓擦了擦手，道：「爺，還不能就寢，宮裡紫容苑的冕公公捎來了口信，說寧夫人邀您去一趟。您拾掇拾掇，趕緊進宮吧。」

樓毓揉了揉眉心，心下反感，並不答應，反問：「樓淵何時走的？」

小喵細細說來：「您晌午喝醉了，在院子裡就走不動路，七公子陪您坐了許久。轉眼就到申時，樓府前來尋人，七公子把您抱回屋就隨他們走了，現在已經快戌時了……」

思量最近樓淵身上種種不尋常的跡象，樓毓自言自語：「最近可真怪，平日為家國民生忙得死去活來的七公子近來總往我府上跑，吃錯藥了不成？」

大喵掩嘴笑道：「京都幕良誰人不知，七公子與相爺您打小待在一處長大的，兄弟情深，他自然來相府來得頻繁些……」

樓毓玩味似的揣摩那四字，似笑非笑。

——兄弟情深嗎？

「爺，您不打算進宮了嗎？」大喵見樓毓遲遲沒有動靜，緊張地詢問。

樓毓懶洋洋地靠在榻上：「你差個人去回復寧夫人，就說外邊雨大，相爺不想溼了鞋面。」

大喵筆直跪下，勸道：「可……可寧夫人好歹是您的生母，您此番作為，傳出去了，會被那些愛嚼舌根的文人所恥笑的。」

「那便由他們笑去吧，爺從來不要什麼清名。」

兩個丫鬟再要勸，齊刷刷跪在榻前。

樓毓閉目小憩，只當什麼也不曾看見，不曾聽見。

又恢復了一室的寂靜，窗外雨滴敲打瓦礫的聲響越發清越動聽，如大珠小珠落玉盤。

半炷香的時間過去，樓毓伸了個懶腰坐起，詫異地望向兩婢：「你們怎麼還跪在這兒？」

兩婢心中叫苦不迭，主子不叫起，她們便只能跪著。

大喵不知自己何處得罪於她。

這位年輕的相爺，雖不太講究規矩，卻也並不似表面那樣面善和易相處。

南詹建國三百餘年，樓毓是最年輕的丞相。

樓毓是上過戰場、殺過敵的。葉岐來犯時，鐵騎長槍，她於鵝毛大雪中橫掃千軍，把侵略者趕至岷水之濱。那些讓人聽了熱血沸騰的英勇事蹟，如今還在市井之中流傳。驚堂木一拍，還是說書人口中的佳話。

岷山一役，樓毓大勝而歸。

再加上她那位傾國傾城的生母寧夫人，在皇帝身旁吹一吹枕邊風，樓毓便由此封了相，賜了府邸。

可她脾性怪，讓人摸不透，府中沒人，也不愛和世家弟子結交。

兩婢貼身伺候，除了樓府的七公子樓淵，從不曾見相爺與誰親近過。

今兒就更怪，明明白天七公子來過，相爺心情應該不錯才對，卻料想錯了。大喵、小喵頭垂得更低。

「都起來吧，爺要進宮了。」

樓毓手指拂上半邊冰冷的鐵面具，自個兒站起來對著面銅鏡整了整衣衫，拿起牆角的竹骨傘出門。

她獨自一人沿著青籬巷往外走，長長的街道，夜雨裡兩旁燭火不熄。茶樓酒肆裡隱約傳出眾人的談笑，琴瑟聲飄蕩而出。

不緊不慢不知道走了多久，到了南坊街的盡頭，便是厚重的宮門。

樓毓還未向守門的將士亮出腰牌，對方便已認出她。在京都幕良，那半邊鐵面具便是最好的身分證明。

他們恭恭敬敬地行禮，替她開門。

「相爺慢走。」

樓毓步調放慢，越靠近樓寧居住的紫容苑，便越慢。

在前院遊廊上徘徊的劉冕看見她的身影，著急地小跑過來：「哎喲，我的相爺，您怎麼才來？夫人都等您半晌了。」

樓毓道：「深夜進入後宮，不符合規矩，爺當然得好好思量，來還是不來。」

劉冕面上陪著假笑，卻不敢揭穿她。

宮裡無人不知，寧夫人極得孝熙帝寵愛，寧夫人說住在宮中不習慣，時不時掛念「兒子」，一早央求著皇帝給了樓毓特權，准許她隨時入宮。

說起樓毓的生母樓寧，也是南詹國的一位傳奇人物。

她本是第一世家樓家的養女，雖然沒有血統上的尊貴，但好歹也占著樓府三小姐的名分。當年世家間聯姻，樓寧被家中長輩安排遠嫁臨廣蘇家，做了蘇凊讓的妻，生下樓毓。後來卻被蘇家拋棄，母女倆在民間流浪了五年，樓寧才帶著樓毓復又投奔娘家，回到京都幕良。

原本這婦人一輩子也就該如此耗盡了，可誰叫她生了一張禍國妖民的臉，被孝熙帝一眼相中。

孝熙帝約莫從未見過樓寧那樣的美人，一旦見過，便寤寐思服，輾轉反側，難以放下。

也不管美人已經嫁過人，美人的「兒子」都會耍長槍了，硬是一頂花轎把美人抬進了後宮。

樓寧二嫁進宮時，樓毓說：「娘，若您不願進宮……」

樓寧巧笑倩兮：「若我不願意，你待如何？」

樓毓放下長槍，在她膝前跪下，額頭點地：「若您不願意，孩兒萬死，也保您周全。」

清脆動人的笑聲在淒厲的秋風中如燭火被吹熄，像臨廣鄉笛荒蕪的腔調。

「萬死嗎？」樓寧喃喃，頭一次溫柔了神色，掌心撫上她的髮頂，「可我的毓兒，你只有一條命啊。」

樓毓心中一緊，雙手握成了拳頭。

「相爺……相爺……」劉冕打斷樓毓的回憶，「您趕快隨著小婢子走吧。」

樓毓跟在兩個宮女身後，走過曲曲折折的小道，樓寧的寢宮就在眼前。

兩側的月見草在微風夜雨中凋零，綿長悠揚的小調從前方飄來，樓毓停住腳步，駐足仔細聽了聽。

「相爺怎麼了？」宮女回過身詢問。

樓毓長身而立，撐傘站在雨中，翩翩的月白廣袖被吹翻淋溼，她問：「這是什麼聲音？」

「是寧夫人在唱歌。」

「她平素也這麼唱嗎？」

她竟然在深宮之中，肆無忌憚地哼著臨廣的民謠。是興之所至，還是懷念故人？倘若有心人惡意揣測，免不了又會惹來一身麻煩。

樓毓走得越近，那歌聲越清晰，攪渾著天青色的朦朧夜雨和白茫茫的薄霧。潺潺流水般平常的曲子，卻透著道不清的嫵媚和淒婉，無端聽得人心頭發堵。

樓毓順著那扇窗望過去，看見了倚在窗邊的樓寧。

她穿著件紅豔的單襦，是雨霧天灰濛濛景色中的一抹亮麗，秀髮未綰，如長瀑瀉下，披在肩頭，長及腳踝。一顰一蹙，都是風情，浩蕩的天與地都淪爲了她的背景。

當真像存世的妖精。

樓毓踏進寢殿，跪下行禮：「拜見母親。」

樓寧摒退了左右的宮人，側臥在貴妃榻上，招呼著樓毓上前：「過來。」

燈燭照亮樓毓溼答答的衣襬，她每往前走一步，就留下一個漆黑的腳印。樓寧見此笑話道：「你這麼大人了，撐著傘還能把自個兒淋成這樣……」

纖長無骨的手指撫摸上樓毓蒼白的脣角。

「毓兒，把面具摘了，讓娘好好看看你。」

樓毓雙手一滯，順從又緩慢地摘掉半邊鐵面具，不過一瞬，便迎來響亮的一巴掌。

「啪！」

狠狠的一聲脆響。

樓毓的臉被打偏，左邊臉頰高高腫起，口中嘗到了血腥味。

「怎麼這麼不長記性，我是怎麼教你的？」

樓毓屈辱地低下頭，壓抑住情緒，複述道：「無論何時，無論何地，無論面前是何人，皆不可摘下面具。」

「這次可記住了？」樓寧問。

「記住了。」樓毓咬牙道。

「不要信從任何人，不要依靠任何人，除了你自己。」

「哪怕是娘……也不可以嗎？」

「不可以。」

樓毓閉上雙眼，再睜開時眸中已無波瀾：「是，孩兒謹記。」

樓寧兩指捏住她的下巴，拿著燭臺湊近，明晃的火光灼熱無比，似下一刻，就要將人的眼珠子焚燒掉。

「你這張臉，像極了我，倘若不戴著半張面具遮一遮，女扮男裝騙得過誰？誰會信你是個男子？」

「不過，可惜了——」樓寧雪白的容顏上，梅花綻放般盛開出一點妖冶的笑，「即便我幫你扮成個男兒，你父親也不要你，你還得跟著我姓樓。」

樓毓眼中瞬息充血，通紅一片，好似被搖曳的火光逼出了淚。她匍匐在榻沿上，久久不曾動彈。

「恨嗎？」樓寧問。

「你若恨，今後便不要給任何人負你的機會。」

那扇梨花木門緊緊合上，樓毓呼吸到外面冷清的空氣，如同劫後餘生。

她逃似的走了，甚至一個踉蹌，差點左腿絆住右腿摔了一跤。

樓毓每一次從紫容苑出來，都如此狼狽。她牽掛樓寧，卻又怕見到樓寧。這個生她養她的女人，美麗而危險，時常會讓樓毓感到膽戰心驚。

樓毓本能地想要靠近她，卻又每一次被逼得不得不逃開。

小宮女在身後追：「相爺，相爺，您的傘忘了拿……」

樓毓接過竹骨傘，身後又響起熟悉的鄉音，樓寧在唱：「二十年風華歲月招搖過，到頭來，朝朝暮暮思郎君。金風玉露一相逢，不解相思意……」

漫天大雨，那歌聲滲透在每一滴雨中，敲打在心坎上，彷彿要讓人把心也全陷進去。

頭頂灰茫，雲海翻滾萬里。

貳

樓毓跌跌撞撞走了一路，到後來，竟在深宮裡迷失了方向，不知走到了哪一處園子。

斜前方走來幾個嬤嬤，樓毓正準備問一問路，卻聽見她們細細碎碎聊著天：「這些天咱們可有的忙了，繡貴人要親手幫二小姐置辦嫁妝，好大場面……」

「可不是，你也不看看二小姐嫁的是誰，幕良樓家七公子。百年世家，名望並不輸給帝王家……」

幾人聊得興起，一道聲音斜插進來。

「敢問一聲，你家二小姐要嫁的是誰？」樓毓突然冒出來，嚇得嬤嬤們一顫，她面上森冷的半邊面具，在寥寥夜火中更加顯得有幾分駭人。

「參見相爺。」

這幾個老嬤嬤是莊繡夫人入宮時自娘家帶來的家僕，她們口中的二小姐，便是莊繡夫人的妹妹，當朝太傅家的二女兒。

「莫非要我問第二遍？」見幾人不答話，樓毓陰惻惻地問。

老嬤嬤一哆嗦，悉數交代了清楚：「二小姐要嫁的，是樓府的七公子，樓淵。」

幾人只見面前白影一閃，如同鬼魅飄過，眨眼間丞相大人已經不見了蹤影。

原來如此。

原來如此！

樓毓棄了竹骨傘，朝著樓府飛奔而去的路上，想起樓淵近日來的種種異常行爲，還有樓寧今日突然召她進宮，恐怕也是早就知曉了樓淵要娶親的事。

「你若恨，今後便不要給任何人負你的機會。」樓毓想，樓寧口中所說的，原來是這個意思。

她飛簷走壁，後來又不知在馬廄裡順手牽走了誰家的馬，狂奔而去。趕到樓府，只花了片刻工夫。

樓毓從馬上飛身而下，渾身溼透，滿載煞氣而來：「叫樓淵給我滾出來！」

家僕嚇得趕緊去通報，樓毓卻是一秒也等不及了，自己朝院內走去。她曾在這樓府生活過十餘年，對裡面的一草一木都再清楚不過，徑直朝東南角方向的偏殿而去。

樓府的占地面積極廣，曾兩度擴建，僅次於皇宮。這一路，卻被懸掛在廊簷下的大紅燈籠和綢緞刺痛了雙眼。

七公子與太傅之女婚事在即，樓府已經在布置了。

事情瞞得這樣緊，還是——只有她一人被蒙在鼓裡？

樓毓一腳把門踹開時，樓淵正俯首在桌案看書。

屋內的鏤空青銅香爐中燃著安神的息和香，縷縷白煙冉冉升起，燭火昏沉，他似是在打瞌睡，被她的動靜驚擾，才醒了神。

他偏頭望過來，一怔。

樓毓氣極反笑，終於見到這人時，心中的戾氣反倒被壓了下來，她環顧四周，挑唇一笑：「外面布置得起勁，七公子的新房怎麼還如此素雅？」

她一步一步走向樓淵，偽裝的神情一點一點剝落。

「樓淵，你要結婚了，我竟是最後知道的那個……對你來說，樓毓算是什麼？」

「我的知己，與我相伴多年的……兄弟。」

「哦？兄弟？」桌案上的書被樓毓掃落，茶盞被打翻，她抬腳不羈地坐了上去，活脫脫一個紈褲子弟的模樣。

衣帶一扯，登時衣袍散開，外衫自肩上滑落。

她握住樓淵的手，朝自己被白綢緊縛的胸脯探去，微笑道：「你明知道我是女……」

樓毓話還未說完，就被樓淵一把捂住了嘴。隔牆有耳。

樓毓把衣服一鎖，一瞬間裹好，卻不知從哪裡掏出了一把匕首，趁機朝樓淵脖間劃去。

樓毓最擅長槍，用得最順手的，卻是這柄匕首，乃是十五年前師父送予她的第一件生日禮物，從未離過身。

「阿毓，你——」

樓淵防不勝防，即刻反應過來，兩人交手纏鬥在一起，差點把屋頂掀翻。

樓淵心底卻想，倘若把屋頂掀了，就能讓樓毓接受此事，也未嘗不可。但依樓毓的脾性，恐怕沒那麼簡單。

他們從樓淵的故戎齋打出來，毀了一座假山、半塊花地，把樓家上上下下都吵醒了。樓家的家主大發雷霆，可卻也有所顧忌，思及今時今日樓毓的地位和她身後的寧夫人，沒敢出動家兵把樓毓抓起來。

雨勢於不知不覺中變大，天空驚雷炸響，一道紫色的閃電，斜劈下來。

連綿的雨瀑中，眾人只見一黑一白兩個身影模糊成了一團，出了樓府。

「淵兒婚事在即，會不會出什麼事？」不知哪房夫人焦急地問了一句。

「樓毓那狼崽子誰都敢咬，卻捨不得真傷了老七，別忘了，他們是一起長大的。」

竹林聳立，蒼翠欲滴的綠意。

樓毓快要被雨糊了眼睛，她有些看不清眼前的人，只一個不慎，落了下風，她被樓淵制住。

「鬧夠了沒有?」他把人壓在一根青竹上,青竹不堪重負,狠狠折腰彎下。

樓毓胸口劇烈起伏著,氣息不穩,再次趁樓淵未防備,一個翻身反壓住他。匕首抵在樓淵頸上,樓毓一字一頓,逼迫道:「說——樓淵與樓毓,今生今世不做兄弟,只做夫妻。」

她的聲音帶著狠意。

十五年前,初入樓府,她便是靠這股狠勁在這個百年世家中存活下來,護著樓淵活下來。那些遠去的記憶,伴著傾盆大雨,在這一夜呼嘯而來。

——「喂,我叫樓毓,你姓甚名誰?」

——「你哭什麼,他們欺負你,你揍回去不就得了。」

——「以後你跟著我吧,我罩你呀,給你買糖葫蘆和風箏。」

——「這樓府可真無趣,我總有一天是要走的,阿七,到時候,你跟我走嗎?」

阿七,你跟我走嗎?

樓淵合上眼睛,頭枕萬千落葉,萬物在眼中變成一片混沌。

「樓淵與樓毓,今生今世,不做兄弟……」

後面還有半句，他遲遲沒有說出口。

匕首在他頸間割出血痕，樓毓厲聲道：「怎麼不說了？怎麼，我配不上你嗎？你嫌我不如莊二小姐漂亮，不如她賢良淑德？你嫌我粗鄙，嫌我肆無忌憚、行事荒唐？」越說到後面，她的聲音越急，「可我不如此，如何拿長槍，如何上戰場，如何護得住自己？如何活下去？」

兩人在地上滾了一身泥，不知僵持了多久。

久到樓毓雙臂發麻，心中那一絲希冀如隔夜的茶涼透，她說：「我問你最後一遍，樓淵，你當眞要娶他人爲妻？」

良久，樓淵點頭：「是。」

「可有苦衷？」

「沒有。」

「這話出自眞心？」

「出自眞心。」

「如此也好，」伏在他身上的樓毓慢慢直起身，方才那一架，似把渾身力氣都使完了，她扶著旁邊的竹子才站了起來，「如此也好，你既負我，我又有什麼好捨不得。我也不是非你不可的。」
她呢喃自語，恍惚間收回了匕首，卻猛地割斷自己的一截衣袍。
「你我之間，便如同此帛一刀兩斷，各不相干。你還是樓府名動天下的七公子，我還是那個臭名昭著、心狠手辣的相爺。」
她在衣襟內費勁地掏了掏，掏出一對小巧玲瓏的陶俑，放到樓淵手上：「這是你送的小玩意兒，還給你。」再摸摸頭上束髮的古樸木簪，用了多年，上面雕刻的忍冬花紋已經模糊不清，「你親手刻的簪子，還你。」又將墜在宮絛上的青龍玉佩，摘下來，「還你。」
竹林深處風雨飄搖，風聲席捲淒淒厲厲。樓毓朝外走去，走出十來米遠，想起什麼，停住了步子，彎腰脫下一雙布鞋。
才穿了三日。
三日前，樓府新招入一批丫鬟，其中有個手藝了得，據說她納的鞋底比尋常鞋子要柔軟舒適百倍，樓淵命她按照樓毓的尺碼徹夜不歇給趕出來一雙。
樓毓收到時寶貝得不行，這一刻，卻把布鞋狠狠朝樓淵擲去：「全他娘的通通還你！」
這便叫，棄之如敝屣。
樓毓赤腳踩著腐爛的竹葉往前走，飄搖的風雨中，這位年輕的相爺單薄的背影好像一葉浮萍，漸漸在滂沱的大雨中隱去蹤跡。樓淵忽而心中大痛，喊道：「阿毓——」

樓毓回頭，卻並未看他。

「今後我是男是女，是人是鬼，都與你無關了。」

瓊液樓打烊之前來了一位不速之客。

店小二哭喪著一張臉，又搬了兩罈子酒過去，心想這位爺今晚是不是打算賴在這裡不走了。可人家不走，他還眞不敢趕人。

樓毓趴在桌上，猛捶了一下桌面：「酒呢？」

店小二渾身一哆嗦，強顏歡笑：「來嘍，客官——」

管事的掀開布簾，望了一眼喝得爛醉如泥的樓毓，招來店小二囑咐道：「那是位貴客，若他今晚不走了，就由他留在這裡，也別問他要錢。」

店小二嘀嘀咕咕：「相爺難道就能吃霸王餐了？」

瓊液樓的管事擺擺手：「是惡霸也是可憐人，還是英雄，你剛來不知道……他來咱們瓊液樓吃飯喝酒從來不用給錢。」

店小二不解：「這是爲何？」

「老掌櫃吩咐下來的，兩年前瓊液樓剛開張不久，請來唱戲的翠翠被宮中繡夫人的胞弟調戲了，當場要搶了人回去做第十七房小妾，是相爺把人攔住了……當場那麼多達官貴人、世家子弟，個個無動於衷，只有這個相爺肯出手。老掌櫃說，相爺雖然名聲一般，卻有俠義之心，和這樣的人結交再好不過，日後便不收他酒錢了。」

「竟是如此。」店小二看向一樓大堂中形單影隻坐著的那人，油然生出幾分敬意，又覺得那身影過於蕭索。

不知又過了多久，這尊大神終於起身，出了酒樓。

外面的瓢潑大雨停了，月亮從雲層後露了臉。

夜市差不多都已經關閉，大街上冷清下來，只剩簷下高高掛起的燈籠裡還亮著幾盞將熄未熄的燭火。

樓毓走起路來跌跌撞撞，還不小心撞到一個人。

她敏感地聞到那人衣襟上的一陣藥香，只是一瞬，氣味忽又消散，彷彿只是她的錯覺。

「抱歉抱歉。」樓毓抱拳，沒多大誠意地道了歉，對方很快與她錯開。樓毓沒有察覺到，那人影在身後卽刻消失得無影無蹤。

她一人飛奔起來，經過樓府的府邸，她風一般地掠過，消失於無盡的夜色中。

她停下來的地方是一片斷崖。

這地方在城郊，隱藏在秀色的風景當中，重重古樹之後，有一塊巨大的岩石，陡立在崖邊。

岩石上站著一個老翁，穿蓑衣，戴斗笠，留著一撮花白鬍子。

樓毓看見他大笑：「師父，今夜咱們來過招，您可千萬別手下留情！」

衿塵年道：「幾日不見，讓爲師試一試你可有長進！」

師徒兩人見面，還未來得及說上幾句話，已經開始過招。冷峭的白色月光下，樓毓喝醉酒後亂出拳頭，毫無章法，很快中了衿塵年兩掌。

衿塵年是樓毓還在臨廣民間流浪時，機緣巧合下認的師父。

臨廣那地方偏遠，多能人異士，許多江湖人愛在那一帶闖蕩。初見衿塵年，他戴著一頂破爛草帽窩在一處巷口，衣衫襤褸，看上去境遇十分淒慘。樓毓自己也是半個小乞丐，剛要來兩個饅頭，她過去分給了他一個。

這其實算不得好心，因爲饅頭味道一般，樓毓實則很嫌棄。

倘若剩下的那個不給衿塵年，她便會餵給路邊的小貓小狗，反正絕不會再委屈自己吃下去。結果這個無心之舉，卻讓她結識了衿塵年。這老頭非要讓她拜他爲師。慢慢接觸多了樓毓才發現，自己沒虧。衿塵年神出鬼沒，一身好武功，絕不是個乞丐那麼簡單。他曾刺穿她胸口肋骨，讓她知道何爲椎心之痛，卻又傾其所有，渡給她半身修爲，傳給她一身絕學。

讓樓毓在殘酷的環境中最快地成長起來的有兩個人：一個是她的生母樓寧，另一個便是衿塵年。

「你今日出招又快又狠，果然長進了不少……」

即便中了衿塵年兩招，樓毓落於下風，卻還能與他纏鬥一時片刻，讓衿塵年大感欣慰。樓毓並不清醒，其實暈得很，那麼多罈酒灌下去，如今還能站穩全靠強大的意志力支撐。她一通亂打，樹影人影刀光劍影，腳步不穩，口中大吼：「啊——」

衿塵年收了手中的竹杖：「乖徒弟，你瘋了？」

樓毓大笑，寂靜的山野中空餘她的笑聲迴盪：「我很快活！」

她躺倒在地上，樓淵的影子在面前揮之不去，她便抬手遮住自己的眼睛，那笑容浮誇又哀戚：「師父，我很快活，從今往後，我便眞的是一個人了。」

參

翌日是個大晴天。

樓毓醒來時頭痛欲裂，她坐在床上發懵時，迎來了一道賜婚聖旨。

她當時並不清醒，只聽清楚了個大概。那聖旨的大意是說，當朝丞相年輕有爲，是個出色的好兒郎，卻還沒有娶親，皇帝便替丞相尋了一門好親事。

樓毓稀里糊塗領了旨，而後問身旁的大喵：「剛剛那位尖嗓子公公說讓我娶親？」

「是。」

「娶的是誰？」

大喵見樓毓一臉茫然，心道這位爺也太糊塗了，回道：「是李巡撫家的長女。」

樓毓想了想，說道：「李家的小姐我一面也沒見過，爲何要娶她？」

大喵、小喵見樓毓臉上神色不對，趕緊勸道：「爺，這是天子賜婚，您可不能反悔！」

「你們急什麼，我又沒說不娶。」樓毓掂了掂手中的明黃聖旨，「我只是覺得有些好奇，我日子過得好好的，怎麼會突然得來一門親事……」

次日上朝時，樓毓便得到了答案。

同僚們紛紛向她拱手祝賀：「相爺與樓七公子是至交，五月初十同日大婚，眞是有緣分，可喜可賀……」

樓淵在朝中任太子少傅一職，卻因七公子的名號響徹天下，大多同僚喚他爲「樓七大人」或是「樓七公子」。這會兒打趣也是，某個官員道：「樓七公子來了，我等就不打擾了，相爺還能同他一起商量商量婚事……」

樓毓隱藏在半張面具下的臉一冷，目光中，穿著一身官服的樓淵已經自白玉階走下，漸漸靠近。

樓毓驚訝於自己內心的平靜，兩人並肩走在朱紅色的宮牆下，從小玩在一起培養出的默契，連步調都是相同的，不緊不慢。

宮牆裡頭飄來馥郁的花香，傳出女子嬉笑打鬧撲蝶的聲音，兩個花花綠綠的風箏在半空中晃晃悠悠，差點打架，線纏在一起。

「李巡撫家的女兒……很好。」樓淵忽然來了一句。

「哦？」樓毓目視前方，似聽到了什麼很好笑的笑話，勾了勾脣，「你見過？」

「曾見過一兩面。」樓淵竟和她說起了別家女子，「模樣周正，知書達禮。」

「既然如此好，想必七公子也中意得很。」樓毓散漫道，「不如我再向皇帝求一道旨，讓他收回成命，把李家女賜給你好了。」

樓淵被樓毓哽得一噎，像以往那般在她犯錯時呵責：「阿毓，你莫要胡鬧。」

話一出口，兩人都愣住，他們可是前幾日才撕破了臉的。

樓淵聲音沉悶：「你莫鬧了，李家的小姐我替你瞧過了，是你結婚的不二人選。」

樓毓發怒前毫無徵兆，只是漆黑的眼瞳中風雨欲來，透著涼意，恨不得在樓淵墨色金邊的官服上盯出一個大洞：「你替我瞧過?!你替我物色的?!七公子這是操的哪門子的閒心啊?!」

毫不客氣的一連三問，把樓淵也惹惱了，四下無人，他也壓低了聲音：「皇帝前些時候便想給你賜婚，由他亂挑，倒不如我舉薦……李巡撫是我這邊的人，你娶了他女兒，也不會露餡……」

「我一個女子，娶另一個女子，洞房花燭夜，若當真要與她圓房，」樓毓荒誕地笑了兩聲，「如何能不露餡？」

她目光戲謔地在樓淵臉上流連，說出口的話粗俗又露骨：「莫非七公子想替我做新郎？可五月初十那日，你自己也娶了一房，同時要應對兩位新夫人，我擔心你招架不來啊。」

「你……」

「我怎麼？」

「你只需把李家小姐抬入府中，她自會安守本分。日後你便是有家室的人了，也無人再會拿娶親這事擾你。」

「這麼說來，我反倒要謝謝你？」

樓淵苦笑：「你何必如此咄咄逼人，這件事的初衷，是爲你好。」

「我平生最恨別人打著爲我好的幌子，卻安排些讓我糟心的破爛事。」樓毓躬身施一禮，疏離又客氣，「七公子，這是最後一次，日後再發生這等事，樓毓恐怕不會再領情了。」

她只覺得諷刺至極，她傾心愛慕之人，替她物色了一門親事，滑天下之大稽。

樓府和丞相府位於截然相反的兩個方向，他們出了宮之後，大路朝天，各走一邊，立馬分道揚鑣。

前來接樓淵的馬車早已在宮門口的石獅子旁候著，他卻沒有上馬，一路走回了府邸。照常用了午膳，下午去書房處理公事。

途中經過荷花池，清澈的水，盛放的花，芬芳盈滿袖。

書房的窗敞開，正對著荷花池。

七公子第一次對著滿塘的碧葉出神，他這個人拘謹慣了，連發個呆，也坐得端端正正，一絲不苟，樣子似崖間傲立的青松。

面前攤開了摺子，狼毫尖上蘸了墨，微風往裡一送，他卻像尊石頭雕刻的菩薩，眉目都不見動靜。

樓淵幼時便如此悶。

他這麼悶，當時連欺負他的幾個孩子都嫌無趣，一腳朝他踢過去，竟得不來半點反應，著實無趣，叫人鬱悶。

樓淵在樓府的一群孩子中排行老七，上頭有三個哥哥三個姐姐，後面還有好幾個弟弟妹妹。他自小便是長得最好的那個，粉雕玉琢，活生生一個小仙童。但偏偏生母只是個唱戲的優伶，跟樓家家主一夜風流，便懷上了樓淵。

母子在樓府的境遇可想而知。

初見樓毓那天，五歲的樓淵正在受罰。

盛夏時節，火紅的日頭當空照，莊稼地都乾得要裂開，槐樹上的夏蟬聒噪地叫喚著，他因受老夫子刁難，站在大太陽底下罰站，垂在身側的手心被戒尺打過之後，高高腫起。

不遠處忽然傳來喧譁，樓淵順著聲源望過去，被陽光刺痛了眼睛。

他率先看見的是一個堪稱傾國傾城的貌美婦人，能將灰色的素衫穿出霓裳羽衣的韻味。那是樓淵迄今為止，見過的容顏最令人驚豔的女子，不消幾日後，樓淵便知曉了她的名字——樓寧。

第二眼，樓淵看到了貌美婦人身邊戴半邊面具的孩童。她手中拿著一根被晒蔫了的稻草，走一步，晃兩下穗子。

樓淵眼珠子盯著那穗子，覺得更暈了。

不過一盞茶的時間，嫁出去的樓家三小姐帶著五歲大的「兒子」被趕出夫家大門，只得重新回娘家的消息四下傳開了。

樓家家主氣得摔了鑲金的碗。

一大家子人用晚膳時，樓淵和樓寧、樓毓同桌，位置相鄰，同是被家族嫌棄的一夥人。

樓淵也聽說了，樓寧只是樓家的養女。嫁出去的女兒潑出去的水，更遑論嫁出去的養女，那必定只能被比作一盆淘米水了。

樓淵因爲雙手腫得厲害，連握住筷子的動作也做得艱難，手抖得厲害。

他的袖子挨著旁邊的孩子，靠得太近了，隨即反應過來，往自己這邊收了收，筷子上的丸子便掉下來，在桌上滾了兩圈。

嬉笑聲湧來，樓淵把頭埋得更低。身旁的人卻站起來，用一根筷子狠狠地插盤裡的丸子，一個接一個，然後那根筷子伸到樓淵眼前，就像一串糖葫蘆。

「喏，全給你了。」她說。

樓淵抬頭，木訥地接過。他看見鐵面具遮住了鼻梁以上的半張臉，剩下半張，露出消瘦的下巴，單薄的唇。

站在一旁候著的家僕面面相覷，樓家怎麼出了這麼沒教養的。

樓家家主也皺起了眉。

當晚，樓淵和戴面具的孩子一同被關入了柴房。

「喂，我叫樓毓，你姓甚名誰？」

他那天穿著一身白色的長褂，很長，很大，是大人的舊衣，拖在地上還有些髒。臉被墨黑的頭髮遮住了大半，他透過髮間的縫隙，去看樓毓的臉。

兩個人站在小小的柴房裡，同樣的狼狽，只是一個懦弱、一個無畏。

「樓淵。」樓淵細若蚊蚋的聲音響起，「你是我妹妹？」

「錯了，是弟弟。」樓毓糾正。

她牽住樓淵的手，七月天裡冰涼的溫度，兩人均是滿手的繭子，何其相似。

樓淵的掌心依舊火辣辣作痛，他不知道的是，他此後的人生會因爲面前這個孩童發生翻天覆地的變化。

母親給他生命，樓毓卻教會他如何生存。

那些脆弱的不甘的東西，日後被深深埋進地底，不再顯露於人前。他脫胎換骨，在樓府活了下來，最後成了名動天下的七公子，成爲樓家最有可能的下一任繼承人。

他與樓毓一起長大的年歲裡，她付出真心，毫無保留，主動告知他自己女子的身分。

他們雖然並未定情，許下一生一世的承諾，但在樓毓眼中，也擔得起「兩情相悅」四字。

如今，他卻要娶親了，她亦有了婚約。

樓淵靜靜望著荷花池，問自己，日後可會後悔。

長風呼嘯，無人告知他答案。

只是以樓毓那樣愛恨分明的性子，此番過後，他與她二人之間恐怕再無可能了。

一想到這裡，樓淵平靜的臉上終於出現一絲裂縫，如同沉寂的湖面被風吹皺。

一直跟在身邊的家僕來報：「公子，李家的小姐聽聞要嫁的是相爺，不太願意，正在府裡鬧呢，忙著要投井。您……您也知道，相爺名聲不太好，又常年戴著個嚇人的面具，李家小姐估計是聽信了市井中的流言，對相爺心存畏懼，故不敢嫁過去，說寧願死了……」

淡而幽涼的目光，投注於眼前的一幅水墨丹青上，樓淵提筆，輕描淡寫道：「那便別攔著了，耽擱她上路。」

簡單的幾個字，叫人生寒，家僕一抖：「那……那她與相爺的婚事？」

「李家的小姐，不止一個。」

他的意思，家僕懂了。李家的小姐，久居深閨，外人是沒見過的，隨便拉一個來頂替，也未有什麼不可。

現下，李家小姐怕是不再鬧著投井，也得眞投了。

家僕領了命小心翼翼退下，不敢再多瞄一眼桌前的翩翩公子，風華絕代，卻看不出喜怒哀樂，形如假人一般。

第二章　昨夜星辰昨夜風

壹

五月初十，大吉之日，宜嫁娶。

偌大的相府中沒有半點喜慶的味道，昨夜下過雨的庭院裡，青石磚泛著水光。簷前古樹參天，掩藏在樹後的正屋像深山中的古剎。

樓毓一大早被大喵、小喵叫起來，沐浴更衣，穿上嶄新的大紅喜袍，騎著高頭大馬去迎親。

一路上，長街兩旁偶爾響起鞭炮，還有她身後迎親隊伍中敲鑼打鼓的聲音，猶如一記重錘，提醒著她今天是什麼日子。

街的另一頭，遙遙傳來震天撼地的動靜。

樓毓問大喵：「那是什麼聲音？」

大喵說：「爺難道忘了，今天也是七公子的大喜日子，那聲音正是從樓府的方向傳來的。」

樓毓點點頭，道：「今天確實是個好日子。」

小喵打了個冷戰，覺得樓毓脣邊的笑容有些諷刺，實在不像發自內心。她曾和大喵私底下悄悄討論過，相爺和七公子實則很般配，兩人若是都不娶親的話，攜手做一對斷袖剛剛好。可惜了，被世道生生拆散了。

樓毓是按婚禮流程走完的，中途也沒出什麼亂子，除了接到罩著大紅蓋頭的李家小姐時，她默默讚歎了一下新夫人的身高。

當時樓毓也納悶了，李家小姐吃什麼長大的。兩人牽著紅緞子並肩走，新娘竟比她這個新郎高出許多。

這場婚事簡單得很，相府上連酒席也沒有擺，被樓毓事先一概辭去了，只有些膽大的孩童堵在門口要紅包，也被大喵、小喵打發走了。

樓毓不知道李家是否會有意見，但她此時並無心思顧慮他們的想法如何，出門把新娘子迎回來，對她來說已經仁至義盡。

她扒了身上的喜服，換上素淨月白衣衫，想著去找衿塵年過招。但她那神龍見首不見尾的師父又不知道跑到哪裡去了，連徒弟的大喜日子，也沒悄悄露個面。

樓毓只能在院子裡練劍，練到大汗淋漓，月上柳梢頭。

大喵、小喵終於忍不住上前來提醒：「爺，新娘子還在新房裡頭坐著呢。」

樓毓一愣：「還乾坐著幹什麼？拜過堂、走完這個流程，她便自由了，我與她井水不犯河水，日後各過各的日子，她難道還真等著我去同她洞房花燭？」

大喵、小喵爲難：「可人家不動，您也應該去看看，意思意思。」

樓毓一想，也是。

即便圓不了房，也該前去慰問慰問。

新房一室冷清，只剩一對龍鳳燭無聲地燃燒。

這還是李家過來送嫁的嬷嬷，自己送進來點燃的。點完燭，她們便回李家去了，也沒留個丫鬟在丞相府，擺明了讓李家小姐自生自滅。意思彷彿是說，嫁了相爺，日後就好自爲之吧，死活便聽天由命了。

送個嫁也跟送葬似的。

樓毓推開兩扇門進去，「吱呀」一聲，燭火搖晃著快要熄滅，送進的風浮動帳幔，水紋般徐徐漾開。

雕花大床上果然有個人，卻不是如小喵所說的坐著，而是半躺著，像是體力不支，倒了下去，蓋頭還嚴嚴實實地蒙著。

只不過，床上的人跟死了一般，一動不動。

樓毓幾步走過去，一把將蓋頭掀了，臉上的表情有點古怪。

樓淵口中模樣周正、知書達禮的李家小姐，居然變成一個半死不活的男人。

換作別人，新婚夜遇到這種事，估計得驚天動地地喊人了。樓毓伸手去探了探他的脈，看脈象，是中毒，呼吸幽微，恐怕命不長，但一時半會兒也死不了。

樓毓毫無憐憫之心，踢了那人一腳：「喂，給我起來。你若是還沒死，就先站起來給我把事情交代清楚了……」

她這一腳踢下去，那人沒任何反應，倒把門外聽牆角的大喵、小喵嚇了一跳，兩人暗暗道：「相爺真乃天字第一號渣男。」

樓毓見床上的人沒有動，一手揪住對方的衣領，蠻橫地把人扯了起來。

那人毫無支撐，頭便歪倒在她的手腕上，寒冰般的溫度，倏然凍得樓毓一個哆嗦。微弱的燭光一照，他毫無徵兆地漸漸轉醒，睜開雙眼。

樓毓在寒潭似的眼眸中看見了自己的影子，被濃墨染過的瞳仁上似籠罩著幽涼刺骨的霧，那一剎那，樓毓確實捕捉到了一閃而逝的殺意。

兩人間的姿勢頗爲古怪。

像是樓毓在端著那人的腦袋，說不出的彆扭。

靠得這樣近，她聞到他身上淡淡的藥香，恍然間有似曾相識之感，腦海中畫面一閃，想到那日雨夜中在大街上撞到的一人。

「你究竟是誰？」

「在下周諳，葛中嵇溪人氏。」男子虛虛地俯首作揖，朝樓毓一鞠躬，「今日，既入了相府的門，還望相爺不要嫌棄。」

他低低俯身，又慢慢抬起，未束起的黑髮自肩頭如流雲漫過山巒，朝大地傾瀉而下。眉黛青山，雙目似點漆，灼灼地望著樓毓。

「眞正的李家小姐呢？」樓毓問。

「昨日投井死了。」

「你意欲何爲？」

「在下來相府安家。」周諳病得蒼白的臉上溢滿笑，讓樓毓想起於鵝毛大雪中緩緩盛開的梅。

他道：「你可以把這當作一場交易，互惠了雙方。」

樓毓問：「既然是互惠，我能從中得到什麼？」

「周某會替相爺保守女兒身的秘密，替相爺擋去一切桃花。」他笑容濯濯如月，淺淡又旖旎，還有幾分蠱惑人心。

他竟知道這秘密。

樓毓仔細地打量這個來歷不明，突然之間冒出來的人。

她眸光一冷，如鋒利的刀刃上泛著光，身形未動，聲音裡透著威脅：「你離我不過半步，你信不信我現在就可以殺了你？」

「殺我並不難，就算相爺此刻不動手，我也命不久矣。」周諳道，豔紅的廣袖滌蕩，微瀾潮生，在半明半暗的夜色中掀起一片霧靄，「難的是救我。」

這人說話倒有幾分意思。

樓毓道：「你分明有求於我，卻拿我的身分威脅我……」她笑了笑，用碧玉杯盛滿了一杯酒，喝了解渴。

龍鳳燭已經徹底熄滅，只剩下庭院中的月光在窗欞上徘徊。

這世上僅存的一粒妄生花毒的解藥，確實在樓毓手中。

當年樓毓的生父蘇清讓身中妄生花毒，樓寧爲此失蹤了半年，在熾焰谷中上刀山、下火海，方從藥王手中得來了僅此一粒解藥，卻還是晚了一步。蘇清讓在最後一刻也沒有等到，樓毓絕不會輕易便宜了一個外人。

「我既已嫁你，便打算在這相府安家的。多一個人陪著你，難道不好嗎？」

「你要留下來陪我？」

「是。」

樓毓笑了起來：「我如何信你？」連自幼傾心相待的樓淵都已經背棄她，離她而去，他一個神秘的外來客，哪裡可信了。

「我們拜過堂了。」

「這如何能作數？」

「如何不能作數？」周諳反問，不大的聲音卻有逼迫之意，「天與地爲證了，相爺還想翻臉不認人？」

樓毓在他聲聲控訴之中，硬被冠上了「負心漢」的罪名，她再想與之爭辯兩句，周諳卻陷入了昏迷。

「你還眞是……」樓毓無奈。

把人搬回榻上，樓毓朝室外喊了一聲：「大喵、小喵，去叫個大夫來！」

這日之後，周諳在相府安了家。

誰家的癩皮狗，趕也趕不走。

樓毓早起練武，一邊耍著長槍，一邊心想這算什麼事。她「娶」了個病秧子相公，不由分說，就這樣跟她槓上了。

「你府上冷冷清清的，多添一個人，不更好嗎？」

「你一個人，多寂寞啊——」

「你我既已成了親，再叫相爺，就顯得生分了。叫娘子吧，不行，會暴露你身分。叫相公吧，我倒無所謂，你不覺得彆扭嗎？那便叫阿毓了，好聽，就這麼定了……」

樓毓出槍，一個天旋地轉的騰空翻身，心想：「定什麼！誰跟你定了！」

可發火也沒用，周諳這人，興許是知曉自己半條命已經埋進土裡，比常人豁達，說得難聽點，就是沒皮沒臉。樓毓把刀架在他脖子上，也起不了什麼作用。

樓毓想，那便先這樣吧，看他能玩出什麼花樣，日子也確實過得有些無聊了。

廚房的方向飄來濃郁的藥材味，熏得樓毓胃裡一陣翻騰。

自從相府上添了那尊大神，大喵、小喵每天都多添了新任務——熬藥。

大夫留下的藥方一共好幾服，吩咐了，頭一次得大火煎，第二次得慢慢熬。

幾個陶藥罐齊齊上陣，大小兩喵搖著蒲扇，藥罐裡咕嘟咕嘟冒著泡，熬著熬著，把丞相府變成西街的藥鋪味。

樓毓皺皺鼻子，嫌棄著，對面的房門「吱呀」敞開，周諳邁著步子走出來，清晨的光暈把他團團包圍，他朝舞刀弄槍的樓毓笑了笑：「阿毓，早上好啊！」

貳

「你是說安排的人被調包了？」

樓淵兩天後才接到屬下送來的消息，那送進相府跟樓毓成親的是誰？真正的李家小姐投井自盡，重新安排的女子被誤送入了另一頂花轎，是誰從中作梗，能夠瞞住樓家的眼線悄然完成了這一切？

樓淵現在最在意的是樓毓究竟娶了誰。

次日，在朝堂之上見面，文武百官皆是一身朝服，進賢冠，絳紗袍。樓毓姍姍來遲，走在百官後頭，樓淵想尋個機會問清楚一二，卻被同行的拉去閒話。直到皇帝坐上了金鑾殿，二人也沒有面對面碰上。

這日早朝嚴肅，氣氛凜然，前方軍情來報，葉岐再次來犯。過岷山岷水，入侵臨廣西南邊境，大肆燒殺搶掠，兇殘行徑令人髮指，蘇家和當地縣令紛紛上書。

孝熙帝詢問朝臣意見，樓毓站出來請旨，願攜軍隊痛擊葉岐。皇帝欣慰，封樓毓爲驃騎將軍，率三萬兵馬趕赴葉岐平亂，三日後啟程。

「臣遵旨。」

金碧輝煌的殿堂中，響起樓毓沉穩冷靜的聲音。

退朝之後，樓毓去後宮紫容苑向樓寧拜別。

樓寧問她：「是你主動請的旨？」

「是。」樓毓跪於她榻前，腰背挺直如松。

她生於臨廣，生父蘇溍讓葬於臨廣，葉岐來犯，她不能坐視不理。更何況，她熟悉臨廣地形地貌，本又是武將出身，朝中沒有人比她更適合出征。卽便她不主動請纓，最後恐怕也逃不脫這結果。

樓寧坐在銅鏡前梳妝，姣好的面容，風姿壓過從窗口探入的灼灼桃花。「三年前岷山一役，你擊退葉岐，大勝而歸，我借此讓陛下封你爲丞相，讓你做個文官，誰知你卻閒不住……」

樓毓奉命拿起梳篦，替她梳髮。

「你此番作爲，是爲了躲避淵兒？」

樓毓手上的動作一滯，差點扯痛樓寧，她手心一疼，不知該如何繼續下去。樓寧卻渾然不在意，伸手掐斷了那朵桃花，別在鬢邊，幽幽道：「爲了躲一個人，躲到西南邊境去，你就這點出息嗎？」

「都說兒行千里母擔憂，我倒是覺得，倘若這一仗能讓你忘了樓淵，那便去吧。」

果眞因爲血脈相連，所以能輕易讀懂她的心思嗎，就這樣被一語道破。

樓毓三拜樓寧。

她給樓寧敬茶：「母親保重。」

樓毓從宮中出來時，注意到宮門外有一輛馬車候著，草草一眼掃過，當時並未想到竟是來接她的。

周諳掀開布簾，悶悶地咳嗽了兩聲，朝她招手淺笑。

樓毓大步走過去：「你怎麼來了？」

「我聽大喵說，別人上朝，都有馬車接送，想到這裡便來接你。」周諳氣色好了些，倚著車壁，頗爲清閒的模樣。車內的小茶几上還沏著兩杯頂好的明前茶，細嫩芽葉，順著壺嘴兒鑽進了杯裡。

「阿毓，快上馬車。」

他總端著個笑臉，又重病在身，樓毓不好拂了他的好意，彎腰鑽了進去。

「大喵說你最愛瓊液樓的醉仙釀，但酒喝多了傷身，給你準備了清茶。」

樓毓接過周諳手中的茶：「多謝。」

「大喵說你討厭繁瑣的朝服，每次去上朝，都不太開心。」

樓毓原本打算閉眼小憩一陣，不得不睜開雙眼：「大喵還說了什麼？」

「嗯？」周諳被問了個猝不及防，「大喵還說了，相爺之前的性子活潑些。自從七公子成親後，變得有些沉鬱了。」

周諳有試探之意。

樓毓只道：「大喵說得太多了，回去罰她噤聲三日。」

周諳幸災樂禍，拂了拂袖，衣襟上的藥香鑽進樓毓鼻子裡，他問：「只罰三日？這可不符合相爺的鐵血手段。」

車夫趕著馬車在大街上不緊不慢地走，十分平緩，卻突然一個顛簸。杯中水灑了出來，燙得周諳兩指通紅，他未縮手，只怔怔地聽樓毓解釋道：「因爲三日後，我就要出征了。」

「剛大婚，就要出征？」周諳抓住了她的手。

樓毓微愣，她壓根兒沒有把大婚這事放在心上，難不成這人還在意這些？他們倆之間，如同鬧著玩的，她始終沒有當眞。

周諳手上還有未乾的茶水，有些溼漉的手指按在樓毓冰涼的手背上，單薄的一層蒼白皮肉包裹著嶙峋白骨。他身上有著久病之人的氣息，像梅雨時節生長於牆隅的一塊青苔，久不見陽光。

或許是因爲他身上這種特質，與樓寧口中的蘇清讓極像，所以時常會讓樓毓一陣恍惚。蘇清讓病逝時，樓毓還是裹在繈褓中的嬰兒，她對她的父親沒有分毫印象。在臨廣流浪期間，卻聽聞了不少他的傳說。

樓寧似乎恨他，恨意濃時，卻呢喃他的名字——清讓，清讓。

可這難道不是愛嗎？

儘管那人不要了樓寧和她，這些年，樓毓卻無法眞正記恨他，蘇清讓這個名字對於樓毓來說承載了太多複雜的感情。

她從回憶中抽身出來，任由周諳抓住了她的手，忽然多了一絲溫情，玩笑著道：「你是怕我戰死不歸，無人給你安生花的解藥嗎？」

丞相府閉門三日，謝絕見客。

樓毓替府上幾人都安排妥當了。兩丫鬟、一老僕、一花匠、一廚子，一人分一百兩銀票傍身，你們家相爺窮，只能拿出這麼多了。倘若她還能平安回來，一切照舊，大夥兒還一起過日子；倘若日後接到消息，相爺戰死，你們就拿著這一百兩銀票各奔東西，大家各自珍重，不必掛念。

挨個兒分完錢，樓毓走到周諳面前。

遇上一個難題。

別的人能如此打發了，他該如何？

樓毓斟酌許久，從袖中掏出兩張銀票遞過去：「你理當多分一份，畢竟……畢竟你我夫妻一場。你又是個藥罐子，要花錢的地方多……」

本以爲周諳會不願意，誰料他安生接了，沒有多言，只是臉上不見有笑了。

興許是出於愧疚，周諳當晚服用的藥，是樓毓親自熬的。

她手法熟練，起了繭子的手端著藥罐過濾渣子，沒漏出一點藥渣子。乾乾淨淨的一碗藥湯，被送到周諳面前，棕褐色的糖漿一般，若是能把這股噁心人的味道除去就更好了。

樓毓這人十分矛盾。

她看似冷漠，卻也對周諳上了心。若說她眞的對周諳上了心，卻不肯拿出安生花的解藥給他，看他疾病纏身，泡在藥罐子裡。

眞眞假假，誰也看不清明。

周諳一口悶之前，在圓墩墩的碗面上看見自己的一張臉，長眉斜飛入鬢，眼角帶著一點薄紅，是剛才被灶裡的柴火給熏的。

「多謝。」他道，「明日何時出發？」

「辰時準時啟程。」

周諳喝完藥，道：「你也保重。」

大喵跑了進來，朝兩人行了個禮，附在樓毓耳邊輕聲道：「爺，七公子來了，就在門外，說要見您一面。」

樓毓道：「閉門謝客，這幾個字不是白說的。」

大喵神色猶疑，但在相府待久了，也逐漸明白不該多事，只需照相爺說的做就是了。譬如，娶回來的李家小姐變成了個翩翩病弱美少年，相爺未覺得不妥，她們也只裝作什麼也沒發生般鎮定。只是難免在心底暗想，相爺果然是個潛藏的斷袖，偏好男風。

半個時辰後，天暗了。

大喵說：「七公子還在門外，沒走。」

兩個時辰後，繁星滿天，圓月當空掛。

小喵說：「七公子還在門外，沒走。」

亥時，打更的人從牆外經過。周諳咳嗽了兩聲，身上搭著被角睡了。樓毓在看兵書，掃地的老僕在窗前道：「相爺，七公子還在門外。」

樓毓支開紙窗，探出頭去應了一聲：「再過個一時片刻，他自然就走了，莫理。」

老僕年紀大了，是在樓毓身邊伺候得最久的一位，他佝僂著背，忍不住要念叨兩句：「您明天就要出發了，我看七公子是眞心……」

樓毓笑著打斷：「我要他的眞心做什麼？」她合上窗，吹熄了燭火和衣躺下，望著黑漆漆的帳頂，長長地歎息，「即便拿去餵狗，狗也不吃。」

大軍出發前，樓淵站在送行的百姓當中，遠遠看見隊伍前騎在馬上的樓毓，最後還是沒有上前。

嘚嘚馬蹄聲遠去，奔赴西南邊境，飛揚的塵土在灼熱的日光之下無處遁形。那一身銀白的鎧甲肩負重任前行，承載著將士保家衛國的英雄夢想和無數子民的希冀，風中獵獵作響的紅色戰旗，就像提前吹響的戰歌和號角聲。

「王于興師，脩我戈矛，與子同仇！」

「王于興師，脩我矛戟，與子偕作！」
「王于興師，脩我甲兵，與子偕行！」

參

行軍第一天，夜晚趕至牯風口安營紮寨。

樓毓同衆將士一同席地就食，同甘共苦，不分彼此。她半邊面具下的下頜精緻，線條纖細白如玉盤，在一衆莽夫中尤爲出挑。曾經跟過她的老兵，見識過她單槍匹馬闖入敵軍陣營，取對方將領首級的英勇。新兵也聽過她的事蹟，只是未敢相信，傳說中的鐵血將軍，就是這樣一位少年郎。

盛夏多蚊蟲，更何況在荒郊野外。樓毓和幾位副將商議軍事之後，回到自己的營帳就寢。掀開粗麻帷幕，一陣混著藥草的清香撲鼻而來。

樓毓在燭下看了半晌臨廣各縣縣令送來的摺子，拿筆一一做了批註，帳外傳來此起彼伏的蟬鳴蛙叫，她卻忽然發現身旁清淨，竟沒有半隻蚊子過來相擾。

樓毓出去問帳外守夜的侍衛：「今晚誰進來過我的營帳？」

「回將軍，只有一個負責打掃的小兵來過。」

「去把人給我叫來。」

灰頭土臉的小兵到了跟前，樓毓問他是如何做的。

小兵用手抹了抹臉上的汗，一手灶灰，臉顯得更髒了，乾巴巴道：「用艾草和菖蒲加水浸泡，用來擦拭桌几、床榻，還有燭臺，這樣將軍秉燭夜讀，便不會有蚊蟲騷擾。蒼朮、白芷、丁香、佩蘭、艾葉、冰片、藿香、樟腦、陳皮、薄荷裝入小袋中，懸掛在帳內，安神又驅蟲，將軍便可好眠。」

樓毓賞了他一匹好馬，把他調到身邊聽差。隨後又派遣一小分隊人馬特地沿路採摘艾草等物，依法製成香囊，命眾將士隨身攜帶，不得離身。

這一路趕赴臨廣，蚊蟲傳播的疾病和兵士水土不服的狀況大大減少。眾人神清氣爽，士氣也大漲。

快進入臨廣境內時，衿塵年神出鬼沒地現了一次身。

天剛入夜，大軍駐紮，樓毓聽見熟悉的簫聲，循著簫聲而去，在不遠處的山頭果然發現衿塵年的蹤跡。

「師父！」

「乖徒弟，來過兩招！」

話音未落，衿塵年手中的竹簫破空而來，如長劍過樹穿花劈開了面前的一切阻礙，朝樓毓的面門刺來。

樓毓雙膝一屈，身子後仰，避開淩厲的招式。她左腳踩上樹幹，借力騰空躍起，空掌毫不留情地衝衿塵年的頭蓋骨一擊，不忘挑釁笑道：「師父您老人家腿腳不如以前了……」

「好小子，幾日不見又欠收拾了！今天就讓爲師帶你來長長見識！」

混戰之中，衿塵年摘下竹斗笠拋向空中。那斗笠猶如一個經輪在空中極速轉動起來，鋒利無比，兩人在樹上過招，樓毓只聽「呲嚓」一聲，勁風憑空而來，百米內的樹枝齊齊被切斷。

斗笠又重新回到衿塵年手中。

「多謝師父手下留情，您若再狠一點，徒弟恐怕得裹著樹葉回營了。」樓毓的外衣下襬，不知何時被斗笠劃成了爛布條，一根根掛著。

這一場打得酣暢淋漓，再見不知是何日。樓毓覺得，衿塵年這趟像是專程來送她的。

「師父，您接下來要去哪裡呢？」

「天地之大，無以爲家，去哪裡都無所謂。」衿塵年捋了捋那一小撮花白鬍子，點點樓毓的腦袋，有些感慨，「你好好活著回來，千萬別被葉岐蠻子打趴下了。」

「不會！」樓毓自信道，「我會把他們打回去的！讓他們永不敢來犯！」

她微仰著頭，眼睛仍如一個孩童般澄澈明淨，沒有雜質。

夜風吹動莽山蒼野，無數葉片在風中盤旋，衣衫和墨髮勁飛。衿塵年壓下斗笠，將注視著樓毓的目光一點點收回：「就到這裡了，再遠，師父便送不了你了。」說完取下別在腰間的酒囊，扔給樓毓，算是臨別前的禮物。

樓毓喝了一口，衝衿塵年消失在夜色中的背影喊道：「師父，下次再見，徒弟送您二十年的春風釀——」

幽谷已經杳無人影，棣棠花開在半山腰上，萬千點黃金碎片般，在月下閃爍。

接下來幾日，大軍加快腳程，快速抵達西南邊境，臨廣百姓夾道歡迎援軍的到來。

至九月初一卯時，葉岐已拿下臨廣五縣。這日清晨準備突擊之時，恰巧遇上樓毓帶兵視察，兩軍冷不丁對上。

樓毓手持長槍，率十餘人抗擊對方的突擊隊。

天光大亮之際，葉岐人倉皇而逃，樓毓本欲活捉兩個，卻不料逃兵皆咬舌自盡了。這算作交手的第一戰，雖然雙方均無準備，狹路相逢對上的，但也算給了葉岐一個下馬威，漲了南詹的士氣。樓毓在臨廣聲名鵲起，一時傳爲佳話。

樓毓趁此時機，速戰速決，向西南進攻，淪陷的五縣在三日之內已經被她拿回了四個，只剩最後一個曹山縣。

曹山縣瀕臨氓水，其餘三面環山，與臨廣其他各縣僅一條官道相連，被葉岐攻下之後，便徹底與外界隔絕了，被一道天塹阻隔，難以逾越。

樓毓決定從長計議。

底下的副將和謀士紛紛出了幾個主意，樓毓對著面前沙盤支頤沉思，沒說話，顯然不太滿意那些亂七八糟的提議。

有說搭橋過去的，等橋修好黃花菜都涼了。

有說挖地道的，臨廣地勢崎嶇又多溶洞石林聳立，根本行不通。

有說用木鳶載人，飛越天塹的，倒也不失爲一種辦法，但只能容小部分人飛渡，大軍不可能一起越過，且目標太大，容易被發現，也不是個萬全之策。況且要在短時間內請到可靠的木匠製造木鳶，難如登天。

「行了，都回去再想想，今天到此爲止……」樓毓揮揮手讓衆將退下，自己仍盤腿坐著，琢磨了起來。

轉眼到了正午，小兵端著托盤把飯菜給送進來：「將軍，該用膳了。」

樓毓抬頭見面前的小兵面生，問道：「你是新來的？」

小兵身量瘦高，面色蠟黃，眉目不出衆卻生得親和，看起來很順眼。他道：「莫非將軍忘了？您曾下令賞我一匹好馬，又把我調到了主帳聽候差遣。」

「是你……」樓毓登時想起有這麼個人。那晚小兵蓬頭垢面的，根本沒仔細看清他的臉，這些天又忙於戰事，根本無暇分心關注身邊的人，如今方才好好打量他。

「你叫什麼名字？」

「周玄謙。」

樓毓一愣：「是個好名字。」

她望了一眼外邊，今日是個多雲的好天氣。她說：「下午跟我去城中逛逛，光坐在帳篷裡也想不出什麼好主意。」

午膳過後，樓毓換上一身普通男子的便服，也沒有帶近衛，同周玄謙一起騎馬離開軍營，朝城中奔去。

剛經歷過戰亂的縣城百廢待興，各處被葉岐兵破壞的房屋需要修繕，當地縣令正在安排衙役加固城牆和整理街道。少數幾家茶館酒肆開始開門營業，吆喝生意。學堂也沒有關閉，遠遠傳來稚童的琅琅讀書聲。

樓毓和周玄謙牽著馬走了走，又四處逛了逛，進了一家酒館喝酒。

這大抵是酒館新開張之後的第一筆生意，掌櫃多送了他們兩碟花生。店小二送酒時悄悄瞥了樓毓幾眼，目光探究好奇，又藏著畏懼。

「將軍還在爲曹山縣的事情煩惱？」周玄謙問。

「不把葉岐蠻子從曹山縣趕出去，便談不上眞正的大獲全勝，葉岐始終佔據著南詹的土地，就稱不上國泰民安，天下太平。」

樓毓說完點點對面的位置，讓周玄謙也落座。她低頭看見自己腰間別著的小香囊，還是上次周玄謙所製，用來避蟲的，忽然問：「你以前是做什麼的？」

周玄謙交代得一清二楚：「原本在葛中的一個小鎮上教孩子讀書，因各州縣徵兵，家中有三子或三子以上者，需一名男丁入伍，被迫來參了軍。」

他說參軍是被迫的，樓毓卻並不生氣，放下酒杯，朝他作了一個揖，隨卽就轉換了稱呼，恭恭敬敬道：「曹山縣一事，不知先生可有破解之法？」

樓毓認定，周玄謙是個胸中有丘壑的讀書人，雖其貌不揚，卻有大智慧。若得他眞心相助，或許曹山縣還眞有好的攻破方法。

任人唯賢，廣納諫言，總是沒錯的。

她不妨賭一把。

周玄謙得樓毓器重，面上也未有大喜之色，只是反問樓毓：「將軍可知葉岐人最信什麼？」

樓毓與葉岐也不是頭一次交戰了，對他們瞭解頗深，淡淡抿了一口酒道：「他們一族最信天命，民風彪悍野蠻，據我所知，至今仍保留著活人祭天的習俗。」

周玄謙點頭：「這便是他們的命門。」

臨廣的烈酒灌下，猶如幽火燒喉，他忍了忍，道：「將軍既然沒有好的辦法外攻，不如讓它不攻自破。」

樓毓一聽，知道有戲。

「臨廣位於西南邊境，有許多江湖人士活躍在其境內，且擅長蠱術者，不在少數。」

周玄謙再一點撥，樓毓頓時豁然開朗。兩人目光交會，望進彼此眼中，默契地淡淡一笑。

回到軍營之後，樓毓立即傳令下去，四處張貼告示，重金招募擅蠱之人。短短幾個時辰過去，臨廣各州縣百姓都在談論此事。

三日後，看到告示前來的江湖人士共有三十七人，齊聚主帥營中，樓毓命人好酒好肉的招待。

她穿一身銀色鎧甲，腰間佩劍，掀開帳篷門口的兩塊布幔進來，面容冷肅，身上的殺伐氣勢未退，不帶笑意的臉上不怒自威。衆江湖人士初見這位少年將軍，皆不動聲色，暗暗打量。

樓毓先敬了衆人一杯酒，微微一頷首，開門見山道：「想來衆英雄好漢都知道，如今葉岐犯我南詹山河，苦戰之後，大多疆土都已收復，唯獨曹山縣遲遲難以攻破。樓某今日找諸位前來，就是爲了商議曹山縣一事。」

衆人你望望我，我看看你，不明白樓毓葫蘆裡賣的是什麼藥。

「我們能做什麼？」一個膀大腰粗，頭上編了兩根粗辮的壯漢問出了所有人的心聲。

「做你們最擅長的事。」這次開口說話的是樓毓身側的周玄謙，他今日穿著灰布襦袍，與鄉野間的教書先生別無二致。看這情形，應該十分受樓毓倚重，只不過他看上去精神不太好，神色懨懨，眉目間隱隱透著沉鬱的青灰色。

「蠱術？」

「對。」

樓毓朝周玄謙示意，周玄謙把之後的計畫詳細告訴眾人。

這三十七人聽了連連點頭，越聽到後面，越佩服樓毓的計謀。他們當中並非人人都是善類，不乏大奸大惡之徒，衝著賞金來的，對周玄謙所說的並不感興趣。

樓毓朝座下睥睨一眼，修長的手指緩緩轉動著面前的碧色玉盞，倏然出聲：「我知道有人對這個計畫並不感興趣，沒有多大熱忱，只是諸位不妨想一想，倘若能用畢生所學的蠱術把葉岐人從我南詹的疆土上趕出去，是一件多大快人心的事。無論是我等習武之人，還是在座學蠱之人，同生於這片土地上，生是南詹人，亡後南詹魂，有生之年有能力保家衛國，為這大好河山和黎民百姓盡一份力，難道這不是一件值得自豪的事嗎？」

她語速不緊不慢，並不響亮的聲音當中有鏗鏘之勢，一腔話說得底下人齊齊一怔，那些蚊蚋般的議論頓時戛然而止，霎時間鴉雀無聲。

有幾人臉上憋得通紅，不知是被感染了，還是慚愧。片刻的靜默之後，之前發話的壯漢向樓毓敬了一杯酒：「我就是個大老粗，不懂別的彎彎繞繞，但這事，只要將軍發話，我一定全力配合。」

其他的人，開始陸陸續續舉起酒杯，跟著表態：

「我願全力配合將軍！」

「我願全力配合將軍！」

「我願全力配合將軍！」

翌日下午，太陽落山之際，臨廣還有不少人在屋頂上忙著砌磚補瓦。不知是誰站在房梁頂上指著半空驚呼了一聲，大家不約而同抻長了脖子往天上看。

無數隻類似於飛蛾一般長著兩隻翅膀的棕黑色小蟲，在半空盤旋，密密麻麻，如同一片巨大的烏雲壓頂。

天有異象。

越來越多的人聽見動靜跑出來看，一時間人心惶惶。

沒過多久，那些胡亂飛舞亂作一團的小蟲，開始像訓練有素的士兵一樣排列組合，竟形成了幾個清晰的大字——「收曹山，葉岐亡」。這幾個字如同一個方陣，整齊地朝曹山縣的方向移動。

臨廣百姓開始議論紛紛，葉岐侵犯我河山，掠奪曹山，連老天爺都看不過去了，特地派天兵天將下達昭示。

曹山縣內的葉岐兵看見異象，有不少兵卒也亂了分寸，面面相覷，而後惶恐地扔了手中的長矛拜倒在地。

頓時軍中大亂。

樓毓和周玄謙站在高處眺望曹山縣，遠處半空中的蟲陣還未完全大亂，持續了很長一段時間。

葉岐將軍爲穩定軍心，下令用火攻，燃燒的箭頭朝空中發射，燒毀了蟲陣的一角。可不過幾秒，它又會重新復原，看上去越發詭異。

「那三十七個人，還眞有點本事，不是過來吃白飯的。」樓毓雙手背在身後，聽語氣頗爲滿意。

周玄謙卻問她：「將軍不怕被人說閒話嗎？」

「什麼閒話？」

「說您用了上不了檯面的手段。」周玄謙倒也敢說。

樓毓不怒反笑，夕陽的萬丈餘暉下，面具下露出的半張臉被染上淡淡的金黃光暈，竟似神祇一般。

「用了蠱術，便是上不了檯面？」她反問周玄謙，「未燒殺搶奪，未費一兵一卒，倘若這樣就能將失地收復，是百姓之福，我何需顧及檯面不檯面。」

周玄謙道：「有將軍在，才是百姓之福。」

他難得的一句恭維，說得人心暢快。樓毓側首淡笑道：「我這人一貫只要結果，不問過程是否光明磊落。」

周玄謙目露讚賞，道：「將軍的做法，已經算得上光明磊落。」

樓毓回身，黑色的眼睛裡如子夜，她望著周玄謙，目光沉沉深不可測：「這次若真的能不戰而勝，讓葉岐兵退出曹山縣，先生才是最大的功臣。」

颯颯秋風起，空氣中有了一絲涼意。

那目光中帶著一如既往的信任，卻不乏探究，像一罈剛被搬出地面卻尚未開封的陳年老酒。

周玄謙坦蕩地與她對視，廣袖下的雙手如月光般冰涼，他輕輕地攏了攏袖口，笑容平靜：「不敢當。」

這樣溫和平淡、毫不起眼的笑，卻讓樓毓想起自己相府內的那個漂亮得近乎妖孽的人，不知他過得好不好？

出征的前一夜，他溫聲對她說，你也保重，我等你回來。

樓毓閉了閉眼睛，心中暗暗提醒自己，他不過是為了安生花的解藥罷了。再睜眼時，雙目已清明。

樓毓正準備回營帳，潛伏在曹山縣內的探子飛鴿傳來書信，說曹山縣內有異動。葉岐的主帥努爾紮木與下屬發生了爭執，如今軍中已經有部分將領主張放棄曹山縣，退回到葉岐自己的地盤。

看來事情見效很快。

葉岐人都信天命，如今天降凶兆，他們不得亂起來嗎？樓毓吩咐那三十七人再添把柴，讓火燒得更旺一些。

兩天後，駐紮在曹山縣的葉岐人發生內亂。以副將努爾誦爲首的一干人等主動投降，給樓毓送來了降書，並在天黑入夜時，打開城門，迎南詹兵馬。

按照約定好的時辰，樓毓帶兵一路暢通無阻進入曹山縣境內。葉岐主帥努爾桀木和親信部隊在混亂中潛逃，不知所終。

努爾桀木是樓毓心上的一根刺，不拔不痛快，倘若不借這次機會斬草除根，日後不知還會生出多少變故。她將諸事交給周玄謙處理，一躍上馬，率三百精兵追擊。

周玄謙卻不贊同。

戰馬一聲長嘶，樓毓勒緊了韁繩，眼中熠熠，映著今夜明亮的月光，溢滿了勢在必得的豪情和戰爭勝利後的喜悅。

「先生放心，我一定平安歸來！」

周玄謙還要再說什麼，她已經離去，空餘嘚嘚的馬蹄聲，背影隱在灰茫茫的夜色裡。

周玄謙壓下心底那一絲道不清的沉鬱，手持她扔過來的權杖去處理後續的事。半空中的蟲陣已經散去，百姓在歡呼雀躍，曹山縣境內一片廢墟卻四處洋溢著喜悅。大概是這一仗贏得太過順利，才讓他生出了一種不太眞實的感覺。

周玄謙把衆葉岐降兵安排妥當後，夜已經徹底黑了。兩個時辰過去，樓毓那邊毫無消息，連個回來報信的人也沒有。

從營帳中出來，周玄謙去了不遠處的酒家。撩開布簾子往廚房去，灶台邊上有個正在炒菜的漢子，隔著幾縷白煙看見是他，似乎嚇了一跳，手中的鐵鏟抖了一下，十分驚訝道：「主上，您怎麼來了，是不是發生了什麼大事？」

周玄謙道：「來找你喝酒。」

刑沉溫那顆提起的心又放下，趕緊把手上的菜炒完出鍋，打開廚房邊的一道暗門，躬身請周玄謙進去。門又無聲關上，把嗆人的煙火味兒一併關在了外面。

暗門後面是一間隱蔽的石室，裡面擺放著簡陋的桌與椅。刑沉溫點燃兩根蠟燭，微光幽幽，他取了一壺酒出來，給周玄謙滿上。

周玄謙持杯聞了聞，皺著眉，十分嫌棄的樣子：「又是藥酒，我不要這個酒。」

刑沉溫憨憨地笑了笑：「這是書呆子特地爲您釀的，您身體不好，只能喝這個，別的就沒有了。」

周玄謙把玩著杯盞，道：「同一種酒，喝了十二年，能不膩嗎？」

他說的是實情，可刑沉溫也無可奈何，還有些心酸，微不可察地歎了一口氣。他是看著周玄謙長大的幾人之一，是下屬，是摯友，更是周玄謙的左膀右臂，始終跟隨在周玄謙左右。刑沉溫道：「如今曹山縣已經收復，一切如您所料，主上還有什麼事放不下？」

周玄謙正在思索樓毓的事，冷不丁被這麼一問，神思恍然，忍不住問刑沉溫：「我有表現得這麼明顯？」

刑沉溫道：「您今天晚上看上去確實不太對勁。」

周玄謙脫口而出：「樓毓還沒有回來。」

他說完，兩人都怔了怔，詫異於這語氣裡顯而易見的擔心和關懷。周玄謙一時心緒微妙，面前的藥酒醇香撲鼻，飲盡了，口中還有淡淡的苦澀。

「老刑，你可動過心？」他問。

刑沉溫把一輩子的時光都花在習武和做菜這兩樣事上，還眞不懂風花雪月，他苦惱地摸了摸頭：「要是有書呆子在就好了，他們文人最懂這些亂七八糟的東西……」

「主上，您……您對樓相……」刑沉溫憋紅了臉，他膚色黝黑，倒也看不出什麼來，「您……你們……」

「我們——」影影綽綽的燭光籠在周玄謙修長的指節上，這樣普通的一張臉，卻配了那樣一雙玉骨般鑄成的手，他的聲音又低又緩，陷入了無盡的沉思之中，「我和她，也算是拜過了堂的。」

大老粗刑沉溫從他的聲音裡聽出了一點笑意，又聽周玄謙問：「明明是個姑娘家，卻非要戴著個面具，還要上戰場殺敵，她一定吃過不少苦吧？」

刑沉溫覺得事情的發展好像偏離了原來的軌道，有些不可控制。當一個男人開始憐惜一個女人時，就有了喜歡的苗頭，再往後發展，很有可能會愛上，從而產生一系列的愛恨糾葛，這話是書呆子說的，應該不會錯。

主上對樓毓，好像有了那種苗頭。

刑沉溫不免擔心起來：「主上，拿到解藥是關鍵，那才是生死大事，其他的，您還有時間慢慢想。」

周玄謙靜了靜：「你說得對。」

京都幕良。樓府。

樓淵獨身而坐水榭中，一時心神不寧。入秋後，面前水池中的荷花已經凋零。他那新婚的妻子送來了茶點，陪他靜默地坐了半晌，不知該如何挑起話題，扶了扶頭上的金步搖，忽然感慨道：「花謝了……」

軟軟綿綿的嗓音，傷春悲秋的語調，按理來說，應該會引起夫君的無限憐惜才對。

樓淵卻陷入沉思當中，久久沒有回應。

「阿七，我瞧著樓府這池荷花生得好，就是容易早枯，兩場秋雨一下，便謝了，未免也太嬌貴了些。我倒是有個好主意……我們從後山上引來一股溫泉，注入池中，保管這荷花寒冬也開不敗哈哈……」

那人在外被稱作鐵血的將軍，暴戾恣睢的相爺，其實大多時候還像個未長大的孩子，時不時會想出一些古怪的主意。

樓淵以前以爲，這個未長大的孩子只會屬於他，如他在梅花樹下深埋的那一罈酒，是他深埋的秘密，永不見天日，藏於心扉中。

肆

涼風呼嘯的夜，樓毓帶三百精兵一路追蹤努爾紮木軍隊的蹤跡。努爾紮木落荒而逃，身邊已經只剩下部分忠心追隨的下屬，從馬蹄印判斷，在前方的交叉路口，又分成了兩路。

婁毓率百餘人朝左邊的小徑追過去，行了幾里，道路越來越崎嶇，不得不棄了馬。小道兩旁荊棘叢生，茂密的老樹枝丫像一隻隻枯瘦的手從四面八方探過來，一路寂靜，耳邊只聽見窸窸窣窣的腳步聲。

「將軍，前方有燭火。」開路的探子來稟報。

婁毓壓低聲音，命部下全速前進。眾人熄滅了手中的蠟燭，借著朦朧的月光朝前方奔去，林間掩映著漆黑的暗影，如一尾尾在水中飛速游弋的魚。

不久之後，婁毓果然在兩排榕樹後面發現了努爾紮木的身影，兩個身影在用葉岐方言交流。

婁毓朝身後的人比了幾個手勢，讓他們繞道從其他三面包抄過去，自己則直接從正面進攻。

寂靜的山林像是突然有璀璨的煙花炸開，頃刻間變得沸反盈天，喊打喊殺聲迴盪在山谷中，久久不息。

婁毓直奔人群中的努爾紮木而去，手中的匕首迅猛地劃破攔路人的胸膛，一個縱身躍起，腳踩來人的肩膀，刀刃直指努爾紮木的雙瞳。

努爾紮木閃身一退，兇險地避開了她的匕首。冰冷的刀刃擦著他的脖子而過，劃出一道細長的血痕。

狂風捲起樹葉淒厲作響，冷鐵的撞擊聲如同鬼魅的哀鳴。樓毓占了先機，逼得努爾紮木往後退了一步又一步，她朝著北方大喊一聲：「這將是最後一戰！生擒努爾紮木，把葉岐人徹底趕出我南詹，我們就可以北上回家了！」

她身後的精兵頓時精神抖擻，跟隨她大呼：「生擒努爾紮木！」

努爾紮木氣急，劈向樓毓的一招一式都用了全力。他身材魁梧，力氣極大，雖然身上已經被樓毓紮出了好幾個鮮血淋漓的洞，卻也逮住機會，扎實地給了樓毓一拳，幾乎廢掉了她右半邊肩膀。

樓毓忍痛，非但沒有退開，反而全然不顧右肩的傷勢，迎難而上，左手繞過他腋下，匕首從袖口滑下，直直地紮進他後頸。

努爾紮木目眥盡裂，儼然不敢相信地望向樓毓，他的手費力地抬起，又無力地垂下去，雙膝跪地，卻遲遲沒有倒下。

最後樓毓卻在他的眼睛裡看見了一絲詭異的笑，叫她心中忽生寒意。

努爾紮木死了，其餘的葉岐兵紛紛放下武器投降。連最後的隱患也已經根除，樓毓卻沒法安下心來。

樓毓傳令下去：「所有人馬按原路返回。」

她右邊胳膊垂在身側，命人給自己接上之後，砍了幾截樹枝固定好，繼續趕路。半炷香的時間過去，樓毓發現了不對勁，他們如同陷入迷障，怎麼也走不出去，轉來轉去，發現又回到了原地。

槐樹下，努爾紮木的屍體像一面旗幟一樣橫躺著，昭示著他們一次又一次徘徊在起點周圍。

半圓的月亮漸漸躲進了雲層後，滲出來的光線越來越暗。跟在樓毓身邊的還剩下五十來人，押住二十多個葉岐俘虜，眾人雖未多說什麼，但一個個的已經開始在心裡打鼓。

深夜氣溫驟降，風刮在臉上像隆冬裡的冰淩從皮肉上割過，眼睛都有點睜不開了。隨著時間逝去，雙手雙腳漸漸變得僵硬和麻木，沒有了知覺，機械性地行走。

樓毓抓過一個葉岐兵問：「這是什麼地方？」

對方嚇得雙腿直打哆嗦：「小的也不知道，小的也不知道啊，是努爾將軍說……說……」

「他說什麼？」樓毓逼問。

「他說來這裡準沒有錯，大家誰也走不出去，同歸於盡……」

樓毓這才明白，努爾紮木逃竄於此，本就是他的計畫。而她，中計了。

曹山地形崎嶇，多奇山峻嶺。

有一處地方，名叫坡子嶺，多黑色礬石和漆樹。山中多野獸，多迷障，夜深時起霧，如仙境，又似地獄，一旦有人入內，無人生還。關於坡子嶺的傳說還有很多很多，但那些都只存在於當地老人所講的傳說裡。

樓毓沒有想到，有一天自己竟會身涉險境。

下半夜起了濃霧，饒是她手底下的兵驍勇善戰，也逐漸沒有體力再支撐，只能下令原地休息。眾人如同昏迷了一般，到第二天正午才一個一個清醒過來。

強烈的日光照射在樓毓的眼皮上，她在一陣強光中睜開眼睛，右手傳來一陣劇痛，腦中一片空白，頓了幾秒，她才想起自己在何地。

大霧已經退去，視野變得開闊，她環視四周，不由得瞪大了眼睛。昨夜分明是被困在山林之中，現在卻置身於一片蒼茫的草原之上。大地蒼茫，一望無際，荒無人煙，只有及膝的野草在日光和風下舒展。

眼前的情形太過不可思議，只是睡了幾個時辰，他們怎麼可能就到了草原上？眾人困惑不已。

樓毓猜測，這一切很有可能是幻象，但抬頭所見的太陽總該是真的，能夠用來判斷方向。

她領著眾人朝北方前行，身上的傷口因為沒有及時清洗用藥，已經化膿，疼痛難以抑制。在沒有水和食物補給的情況下，走了不到一個時辰，眾人的體力就已經支撐不住。

「將軍，我們是不是走不出去了？」當有第一個人開始這麼問的時候，就說明軍心已經不穩了。

幾十雙眼睛望向樓毓，戴著半邊面具的年輕將軍第一次無言以對。她完好的左手握著匕首，背在身後瑟瑟發抖，面上卻不露一分端倪，屹立如松。嘴唇在日光的曝曬之下，變得乾裂，鮮紅的血漬在墨色的衣袍上乾涸，水分蒸發之後，殺戮的氣息依舊殘留。她聲音嘶啞：「繼續趕路。」

問話的人把頭顱低下去，不敢再說話：「是。」

太陽落山後，四周變暗，天幕從一角開始逐漸染成鈷藍色，好像一塊巨大的布帛掉進染缸中，一點點被染料浸潤。

草原在衆人的眼前消失了，群山的輪廓開始慢慢顯露，他們又回到了昨夜的山林之中。

白天所見，果然是幻象。

聽見溪澗聲，衆人找到水源之後，似乎在絕望之中感受到了一絲希望。

但這一絲希望很快又被殘酷的現實所掐滅。

每一個日出日落，樓毓都用匕首在袖口上割一道劃痕，用來記載時間。如此已經過去七日，他們經歷了無數個幻境，有時是置身沙漠，有時是孤島或者草原，突然間大雨滂沱，又忽然被烈日炙烤，甚至轉眼間鵝毛大雪紛紛而至，凍得人失去知覺。只有晚間的時候，幻境消失，他們會回到坡子嶺中。

所有人七日未進食，樓毓一直擔心的事情，終於發生了。

兩個葉岐戰俘體力不支餓死之後，有人向她請示，是否可食人肉。

她道：「不可。」

可她也知道，這時候，活下去，是人最原始、最本能的欲望和渴求。

當樓毓夜晚在溪澗旁看見兩具新鮮的骸骨，草叢上還攤著血淋淋的人皮時，長時間沒有進食的胃中一片翻騰，隱隱作嘔。

她大發雷霆，把始作俑者揪出來嚴懲了一番。

之所以在人前動怒，是爲了狠狠告誡衆人，她明白，這只是開始，並不意味著結束。人連最起碼的底線都喪失了之後，無法想像接下來還會發生什麼恐怖的事情。

比現在所處的環境更恐怖的，是人。

今日他們吃倒下的俘虜，明日或許就會生剮剩下的葉岐兵，再然後是自己人，互相殘殺和謀害。樓毓若不加以阻止，後果不堪設想。

再過五日後，隊伍中的葉岐人只剩下八個，其餘的無故失蹤，大家心知肚明。

樓毓恐怕已經是生存者當中，唯一一個還未吃過一口肉的人。她身負重傷，瘡口潰爛發炎，高燒不退，死死吊著最後一口氣，強弩之末而已。她再經不起半點風吹草動，也無力再命令任何人。

如今她其實是人群中最危險的那個，因爲只有她還在堅守底線，而身邊圍繞的是一群喪失了心智的野獸。

樓毓不得不時時保持著警惕，她不再跟任何人說話，下屬前來稟告，她便用兇狠的眼神嚇退他們，不得靠近。

翌日天明時，天空再次奇異地飄起了大雪，眼前浮現出一座座冰川。腳下積累的厚雪彷彿永遠不會融化，寒冷的風從衣袍中灌入，入侵五臟六腑。

樓毓發現，她動不了了。

她再沒有一絲力氣站起來，四肢好像被人斬斷，毫無知覺，只有意識還是清醒的。她靠在一根巨大的冰凌上，面具上覆滿了飄落的雪花，眼睛茫然地注視著白茫茫的前方，失去了焦點。她心裡想著，這次可能真的回不去了。

腦海中又浮現出樓淵的身影。

「阿七，阿七……」她嘴唇動了動，艱難地喊了兩聲，喊完之後倏然想起，樓淵現在正在千里之外的京都幕良，他已娶了嬌妻，自己與他之間，已經沒有可能了，是他不要她的。那她便，也無須再留戀了。

到頭來，世間竟沒有什麼好掛念的，她就這樣活了二十來年，好像平白走了一遭。

等等——

樓毓腦海中突然又冒出一個人，周諳。

他說，我等你回來。這話平淡，自那人口中說出來卻好像很深情。被人等著，也是件幸福的事，好像還沒有人這樣等過她。

樓毓忽然有點後悔，為什麼沒有給他妄生花的解藥呢，這樣即便她死了，那個在塵世間唯一等過她的人卻能夠活下去了。

待到毒解了，周譫那一身七七八八的病，多加調養，總有一日會好。他也許會長命百歲，日後兒孫繞膝，一輩子活得幸福美滿。

越來越多奇怪的念頭從腦子裡湧出來，就像天空中簌簌而下的雪，彷彿要淹沒她，淹沒萬物。

眾人見樓毓靜坐不動，當下起了歹心，前來詢問：「將軍……」

樓毓睜開眼睛，鷹隼般的目光凌厲地從他面上掃過，卻不說話。詢問者見狀心下一喜，猜測她多半沒了力氣，只是又不敢輕舉妄動。若他們能從這裡走出去，日後樓毓也不會輕饒他們，不如趁現在，把這個隱患徹底解決。她雖然是將軍，但此時，不過如一粒草芥。

「將軍……」

樓毓依舊沒有說話，她知道這一劫逃不過去了，靜靜等待著死亡的降臨，等待對方手中的刀劃破她的皮肉。

她沒有戰死沙場，最後竟要被困死在臨廣的一座小小山嶺中。

預料中的疼痛沒有襲來，面前忽然閃過一個白色的人影，幾乎要與白雪融爲一體。他早有預謀般，踢倒兩人之後，背起樓毓就跑。

一黑一白兩個身影交融在一起，片刻間消失於大雪之中，不見了蹤跡。

樓毓又聞到了熟悉的藥香，她無意識地喃喃：「周諳……」

背著她的人腳步一頓，扭過頭來看她，溫聲寬慰她：「阿毓，再堅持一下。你一直很堅強，這次也不要讓我失望。」說完他加快了腳步，找到一處港灣躲避風雪。

蒼茫的雪地上，那一行腳印轉眼間便被遮蓋，好似沒有人的蹤跡。

樓毓陷入昏迷之中，所有的一切都是冷的、痛苦的。沉重的意識裡，她本能地想要拒絕這一切，不願意醒過來，耳邊卻有人在不斷地叫她的名字，帶著勸哄的意味，堅持不懈。

讓樓毓覺得煩。

渙散的神志慢慢回籠，她竟感受到一絲暖意，下意識地朝溫暖源靠過去。

周諳看著她這無意識的動作，不由得笑了笑，再一次抱緊了她。他又給她餵了一次藥丸之後，瞳中露出了堅定的神色：「我不會讓你死的。」

卽便眼前所見之景，只是幻境，但倘若一生之中有過這樣一次經歷，大概一生都無法忘懷。浩瀚的雪原上，只有她和他，相依爲命。

樓毓再次醒來時，已經入夜，冰天雪地的幻境消失，她依舊被困在坡子嶺。離她不遠處架著一堆火，在熊熊燃燒著，猩紅的火苗在眼中跳躍，讓人一時分不淸是眞是假。

她過了幾秒才反應過來，自己靠在另一個人身上，和他相互依偎著，屬於他的體溫正源源不斷地傳遞過來。

樓毓緩緩抬頭，看見了周諳熟悉的臉。

鬼使神差地，她抬起左手，輕輕撫摸他的眉眼。手上皸裂的粗糲瘡口，很快擾醒了周諳，樓毓還沒來得及把手收回去，他已經醒了。

周諳愣了愣，反手握住她。

「我還活著？」樓毓聲音喑啞地問。

「對，你還活著，現在所見的一切都是眞實的。」周諳抵著她的額頭，有種劫後餘生的喜悅和慶幸。

他拿過身邊的酒囊，把裡面的羊奶一點一點餵入樓毓口中，連胃裡也漸漸暖了起來，四肢也不知在什麼時候恢復了知覺，她遲緩地感覺到一陣又一陣的痛襲來。

倘若不是身邊還有一個人，就眞的熬不下去了，樓毓想。

周諳見她神思恍惚，以爲她還在擔心，安慰道：「這一處山洞很隱秘，你的那些部下應該找不過來。再者，他們互相殘殺，指不定已經全死了。」

樓毓卻反問他：「你怎麼來了？」

周諳往火勢漸弱的火堆上加了一根枯枝，忽明忽暗的光映照著他無瑕的臉，眉眼中隱隱透著的青灰越發嚴重，讓樓毓想到山谷中快要凋零的白梅。

他身上的妄生花毒已經浸入骨髓，再不解毒，恐怕命不久矣了——這或許就是他出現在這裡的原因。

周諳怎麼會不明白她心中所想，倏然冷了聲音：「我救了你，你醒後的第一件事便是猜疑我，阿毓，這就是你對待救命恩人的態度嗎？」

「甘願委身下嫁於相府，扮作周玄謙參軍，千里迢迢來到我身邊，你做這些努力，難道不是爲了解藥嗎？」樓毓扯了扯嘴角，笑容諷刺又輕蔑。

周諳被她的笑激得一怔，如有雷霆落於心上。

偏生，她說的卻又是真的，讓人無言以對。

沉默在無聲無息地蔓延。

遼遠的夜空之上，閃爍的星子和月亮遙遙相對。火光照亮了這個並不寬敞的山洞，淒厲的山風偶爾席捲而過，像幽居的山鬼發出的悲鳴，仔細聽來，讓人毛骨悚然。

良久，周諳撥弄了兩下樹枝，問：「什麼時候發現，周玄謙是我？」

「從一開始。」

「爲什麼？」周諳不解。

樓毓點了點鼻尖：「味道，你身上的味道瞞不過我。那夜在軍營，你扮作小兵與我初見時，我便起了疑心。」

「竟是在這裡露了馬腳。」說完他自顧自地淡淡笑了一聲，「原來你與我已經相熟到這種地步了，你居然連我身上的味道都記住了，我眞是——受寵若驚啊。」

明明是十足十曖昧的話語，盤旋在兩人之間卻只剩冷寂的秋風，灌入洞中來。

不遠處有岩石滴水的聲音，樓毓側耳聽著，在心中一下一下數著，寂寥地打發時間。

天亮以後，外面的濃霧散開，他們不知又要經歷怎樣的險境。她的靈魂彷彿飄浮在半空中，看著自己的生命如墜落的水滴般逐漸逝去。

懷中還揣著那一把從不離身的匕首。

樓毓把匕首掏出來，放在火上烤了許久之後，手柄上鑲嵌的一顆琉璃珠子自然脫落於掌心中。她左手五指用力一捏，珠子碎裂，好似糖衣被剝落，只餘裡面一粒丹紅的藥丸。

周諳久覓不得的妄生花解藥，就在眼前。

樓毓交予他手中，口中哈著寒氣：「解藥給你了，你我到此爲止吧。你不必再跟著我了，不管虛情假意還是眞心，統統收起來吧周諳，我都不要。」

「你在心中，便是這樣想我的？」周諳問，「我所做的一切，都只是爲了這一粒解藥？」

樓毓的眼睛望著洞口幽暗的月光，心想你再不走，天又要亮了。到時候我們倆，一個傷患，一個病秧子，到底是誰拖累誰呢？想到這裡，心腸難免又硬了幾分。

「你走吧！」樓毓道。

陣陣跫音遠去，如同秋葉被風吹散，很快，那個雪白的身影在樓毓眼中變成一團模糊，像是起了霧。

樓毓認命地垂下眼簾，面前的枯枝燒盡了，再過片刻就會熄滅。周諳一個人，走出去的概率應該大很多了，他應該能活下去吧？自己什麼時候變得如此仁慈了，到了如今這般地步，居然還記掛著旁人的生死。

恍惚中，剛消失了的腳步聲再次響起，越來越近。

樓毓驚詫地朝著聲源望去，本已經走遠的周諳復又出現在她眼前，手中抓著一把草藥，倏地彎腰湊過來：「怎的這麼望著我，不認識了嗎？阿毓……」

「你……」

「我沒有走。你趕我，我也不會走。」他捏了捏樓毓的下巴，分明看準她此刻沒有力氣，要占她便宜，登徒子般勾著薄薄的唇調笑道，「我這人，除非是自己心甘情願的，否則別人還勉強不了我。」

不待樓毓反應，他便鬆開了手，彷彿沒事人一般，神色自若，再添了一把柴火。借著火光，他把採來的草藥用石頭細細搗碎。

「爲什麼要回來？」樓毓不解地問。

周諳靠過來，一層一層替她脫了外袍和內衫，雪白的背脊暴露在帶著寒意的空氣中，他嗓音冰涼：「你我既然拜了堂，我現在做這些，於你的名節也無礙，你無須介意。」

他存了心要氣一氣樓毓，用手指將草藥敷在她的傷口上，不忘嘲諷兩句：「將軍這滿身的傷，可真精彩，還好你嫁了我，要是嫁了尋常人家的夫婿，可要把別人嚇著了。」

藥汁滲入傷口，樓毓疼得一顫，滿臉煞白，忍痛咬緊了下脣，無法言語。半晌，她從牙縫中擠出一個個字來，固執地問：「為什麼要回來？」

漆黑的瞳孔中映著周諳狹長精緻的眉目，聽他幽幽問道：「你除了問我，為什麼來這裡，為什麼要回來，可還有別的什麼話要對我說？」

樓毓額頭上有大顆大顆的汗珠順著臉頰滾落，藥效上來，她尚且還能動彈的左手握緊了身下的枯草。周諳見狀，終究不忍，替她包紮完右臂的傷口，彎腰傾身過去：「痛的話，就咬我。」

樓毓無動於衷，面具下的眼睛始終倔強地望著他。

周諳無可奈何地歎了口氣，忽而擁住她。

他似是妥協了，聲音中摻雜了太多複雜的情緒：「你就不能想我點好的？比如——我對你動心了，愛上你了。找你，救你，回來，都是出自真心。」

樓毓更多的是迷茫：「對我動心？」聽語氣，似乎很難相信會有一個男人寄情於她。

「阿毓，你不知道自己有多好。」

滿滿的感慨和憐惜在深夜中織成了針腳細密的網，於無形中籠罩在樓毓頭頂，困住了她。她嗅著周誥身上溫醇淡雅的藥香，神經漸漸舒緩，莫名地放鬆下來。

火堆裡劈里啪啦，蹦出幾點火星子。山洞深處傳來水滴的聲音，宛如時間在一點一滴流逝發出來的動靜。

「怎麼不說話？不會是嚇傻了吧？」周誥打趣的聲音從頭頂傳來，身體挨在一起，樓毓能感受得到他說話時胸腔微微的震動。

這個擁抱持續了很久，他一直沒有鬆開。

周誥顧及她身上的傷，並未抱得有多緊，卻像一道不容掙脫的桎梏。

樓毓的下巴擱在他肩上，一動也不動，迷惘地眨著眼睛看向洞口，外面的月光淺淺地漏了進來。又聽周誥道：「挑這個時機告白，果然是最好的。」他聲音有些得意，「你便是不願意，也不能奈我何。」

乘人之危，還如此理直氣壯。樓毓不氣，反倒有些想笑，被他攪亂的一池心緒，此時更加理不清。

其實，她現在還有左手能動，能持匕首。只要她願意，此刻若要乘人不備取人性命，還有五成概率可以辦到。可是她沒有，經歷了十多天的絕望之後，有一簇希望的火光被送至眼前，她不想也不願意熄滅它。

她被熟悉的藥香撫慰，任由自己靠在周諳肩上。

這對樓毓來說，絕對是一種前所未有的新鮮感覺。從未有人給過她依靠。幼時還在臨廣流浪時，樓寧教會她的就是獨自生存。想盡一切辦法，活下去，不要試圖去依賴任何人，哪怕連至親也不可以。從生下來便被父親拋棄，跟隨母姓的孩子，又以男人的身分存於世，還能妄想著依靠誰呢？

即便當初全心全意信賴著樓淵的時候，她也沒有想過，要依附於他。

周諳於她，雖有夫妻的名分，但他們心知肚明，那場親事有多荒唐。仔細深究起來，他們也不過是認識不久的陌生人。她身上藏了多少秘密，周諳身上也就藏了多少秘密。

像是憑空冒出來的人，能有多可信呢？可這時，樓毓卻不想再管那些，就放任一次，跟著自己的心走。好像長途跋涉的旅人，在半路遇到茶棚，坐下來歇一歇。

樓毓靠在周諳身上，瞇著眼睛打了會兒盹。

半夢半醒間，樓毓想起天亮之後坡子嶺又會陷入迷障之中，到時不知又會面臨怎樣的險境，忽而就睡意全消，她猛地坐起來，不慎牽扯到右臂上的傷口，痛得「嘶」了一聲，又瞬間倒回了周諳身上。

周諳被她這麼一折騰，頓時也清醒了，扶住她問：「怎麼了？」

樓毓的目光還望著洞口。

「這地方闖進來容易，走出去難如登天。你昨天也見識到了，一會兒冰川，一會兒雪原的，天亮之後又不知道會變成什麼樣子了，那時候想要再走出去，就更難了……」

「走出去是難，可誰說一定要用走的？」周諳反問她。

手指觸碰到樓毓額頭，燙得灼人，周諳一顆心又提起來，心想怎麼又燒起來了？樓毓腦袋昏昏沉沉，自己反倒不在意，依舊惦記著生死攸關的大事：「不用走的，難道還能飛出去？」

周諳挑了下眉，沒有否認。

「天一亮，就會有人從天而降，接我們出去。你現在只要安心養傷就好了。」

樓毓頭更暈了。

她無從分辨周諳話裡的真偽。

周諳沒有騙她，洞口墨一般濃重的夜色逐漸消散之後，外面傳來了尋人的動靜。那聲音遙遙響起，彷彿從半空中傳下。

周諳背著樓毓從洞口出去，樓毓的高燒反反覆覆，她強撐著一口氣，昏過去之前，費力睜著眼睛，似乎看到雲層和朝陽的霞光下，有人乘著木鳶盤旋於萬丈金光中。她忽而沒有由來地想起當朝已薨逝的太子歸橫，那個她在話本裡聽過無數次的天才少年，五歲精通機關偃術，十二歲身患癔症，自焚於東宮，令世人惋惜。想著想著，黑暗如凜冽的山風席捲而來。

第三章　春風不度玉門關

壹

樓毓從小是被樓寧虐著長大的：下雨上屋頂補瓦，磕著碰著自己敷草藥，掉池塘裡努力爬上岸，被人販子拐了自己跑回來順帶去衙府報個案……她能安然無恙地長大，可見命有多硬。

多少坎兒都爬過來了，這次卻栽了，不如以往幸運。

一連許多日的昏睡中，她覺得自己在油鍋中被翻來覆去煎了又炸，夢中還在經歷坡子嶺中寒冬酷暑的煎熬，時冷時熱，夜裡連睡也睡不安穩。

再醒來時，不知今夕何夕。

樓毓躺在床上，聽見一陣嘈雜的聲音，像棒槌捶衣的動靜，嘩嘩流水聲中，還夾雜著婦女響亮的嗓音。

一片空白的腦中，漸漸浮現出了之前的記憶。樓毓想起自己昏迷之前，還被困在坡子嶺。眼睛打量這間簡陋的屋子，這是真實的嗎？還是迷霧產生的幻象？

還有，周諳呢？

想到這裡，她掀開身上縫了補丁的被子，準備下床，雙腳卻一軟，徑直栽下地，順帶打翻了旁邊盛水的鐵盆。

丁零噹啷一串響，登時滿地狼藉。

外面的人聞聲趕來。端著一木盆衣服的婦人推開門，看見摔在地上，半晌爬不起來的樓毓，著急地過去扶她。

「哎呀，周家娘子，你可算是醒了，今日趕集，你家相公去集市給你買新衣裳了……」

樓毓身上溼答答的，才清醒的腦子又開始疼起來，她目光迷茫：「我家相公？」

婦人拿出乾淨的衣衫給她換上，一邊忙著清掃滿屋子的東西，一邊回她：「是呀，你家相公。」

好像陷入瘴氣之中，怎麼也理不清思緒，樓毓心中越來越急，猛地咳嗽了起來。手指忽而擦過臉頰，她驟然察覺到什麼。

她雙手再去摸——後知後覺地發現，她臉上的面具不見了。

她又下床去找鏡子，全身酸軟無力，還未恢復，幾乎連滾帶爬地攀上了窗邊的矮几，又把婦人嚇得魂飛魄散。

「姑娘你這是做什麼！快回去躺著！」

樓毓十指緊抓著銅鏡邊沿，死死盯著鏡面映出的人影，無一分血色的慘白面容，已然亂了分寸，額頭、眉目、鼻梁、嘴唇、下頜，再沒有一絲東西遮擋。

她手一鬆，鏡子哐噹碎了。

婦人的心也碎了，家中唯一的一面鏡子慘遭毒手。

周諳還未進門，就聽見屋裡的動靜。他手上提著幾包藥材和吃食，剛跨入門檻，就見樓毓癱坐在地上，不知在想些什麼。婦人在旁邊拉扯她，哭哭啼啼的，樓毓冷清的眉目間一片灰暗和凜然。

周諳心中一怔，飛速放下東西，騰出了雙手去抱她起來。

樓毓雙目漸漸回神，看清是他，是自己相識的人，似乎又多了點信任：「周諳？」

「是我。」

婦人躡手躡腳地跟在旁邊解釋：「周家公子，你娘子醒了，不知怎的就抓著我家鏡子不放手了，還把鏡子砸了。」嗓音聽上去尖銳且聒噪，嘰嘰喳喳的，像一窩麻雀。

周諳回頭，平靜的臉色卻透著一股懾人的戾氣，婦人遽然間噤聲，後面還有大串抱怨的話噎了回去。

木門吱吱呀呀唱折子戲一般地被關上，婦人走了，陡然恢復了滿室的寂靜，只剩下樓毓和周諳兩人。

樓毓已經冷靜下來，腦海中浮光掠影般閃過許多念頭，她注視著周諳，企圖從他眼中得出答案。

「這是哪裡？」

「琅河村，臨廣邊境的一個村落。」周諳不動聲色地替她把脈，察看她右肩上最深的傷口，果然又裂開了。

樓毓一步步問下去：「我們從坡子嶺出來了？」

周諳點頭。

樓毓一把甩開他的手，怒道：「那我爲什麼現在會在這個鬼地方？我的三萬大軍呢？」

繃帶上逐漸滲出鮮紅的顏色，周諳按住她。

「他們班師回朝了。」

「那我呢？」

周諳眸光複雜，以往總是含笑的眼睛黯然：「你……他們以為，你死了。」

樓毓被困坡子嶺近二十天時間，大軍雖已大獲全勝，葉岐俯首稱臣，但遲遲沒有樓毓的音信，大軍群龍無首，軍中勝利的喜悅很快被沖淡。一連多日無望的等待之後，孝熙帝的聖旨抵達臨廣，命衆將士班師回朝，餘下一隊人馬繼續搜尋樓毓下落。

不久後，孝熙帝便昭告天下，樓毓已死，葬於坡子嶺中，一代少年名將就此隕落，舉國大悲。

此事沸沸揚揚在民間流傳了幾日，一時間茶樓酒肆中都是這則傳言，但沒過多久，便淡了下來。

「皇帝下旨，說我死了……」樓毓聽周諳說完，喃喃。

「現下兵權已經移交，左翼前鋒統領被提拔，頂了之前你在軍中的職務。」

周諳簡單幾句，樓毓卻嗅出了山雨欲來風滿樓的味道，這是要變天了。自建國以來，皇權與世家相互制衡百年，到了孝熙帝這一任，終於忍不住要打破這個平衡了？

樓毓出身樓家，年紀輕輕手握兵權，在皇帝眼中，定是最好把控的那個，先拿她開刀再好不過了。

「從坡子嶺出來，你傷勢太重，不得不找地方休養，再拖下去你這條右臂就廢了，不得已找了這個僻靜閉塞的村落先住下來。」周諳解釋道。

「我的面具呢，也是你摘的？」

周諳向她坦白：「你若戴著面具，實在太過惹人注目。不如摘了面具，你我扮作一對夫妻。」

「你……」

樓毓本欲發火，揚起的手，又緩緩放下去。

周諳臉上掛著人畜無害的淡笑，哄她：「莫生氣了，你睡了這麼多天，我每天上山挖藥，費了許多工夫才將你這條命救回來，你定要好好珍惜。」

樓毓目光怔怔的，長長的睫毛顫了顫。少頃，她低低道：「你容我靜一靜。」說完又頓了頓，「你摘了我的面具，我不怪你，謝謝你。」

她這個反應，著實叫人出乎意料，周諳反倒放心不下。他忍不住伸手，替她順了順放下的長髮：「你先歇一歇，我去替你煎藥了，有事就叫一聲，我就在外邊聽得見。」
樓毓無聲地點了點頭。
她躺下來，望著頭頂的房梁和瓦礫，胸膛被湧上來的酸楚湮沒，沉重的無力感如潮水般把她包圍。
在天下人眼中，樓毓，已經死了嗎？
遠在京都幕良的樓寧會如何想，還有樓淵，他們會相信這個消息嗎？會傷心難過嗎？
晚飯時，婦人按照周諳的吩咐做了滿桌子的菜。借住的這家有四口人，一對夫妻，兩個七八歲大的男孩，大的總是怯生生又好奇地偷看樓毓，小的那個則盯著對面菜碗中的肉，咽著口水。
六人圍著火爐，沉默地進食，屋內暖烘烘的。
樓毓食不甘味，又不知盯著哪處出神，低頭發現碗裡又堆起了一座小山。周諳的筷子還欲伸過來，再往上蓋了一片薄薄的肘子肉。
「多吃點。」他說。
樓毓置若罔聞，視線投到眼巴巴望著自己的小孩兒身上。周諳一筷子一筷子夾給她的菜，被她盡數投餵給了小孩。

婦人惶恐，打算叱責小兒子貪吃，話還沒說出口，又瞥見樓毓冰雪容顏上寂靜威懾的眼睛，嚇得一抖，什麼話也說不出口了。

一頓飯總算相安無事地吃完。

今夜沒有太大的風，溫度也不算太低。樓毓悶在屋子裡太久，執意要出去看看，周諳替她披上大氅，便扶著她出門。

小小的村落，四處嫋嫋炊煙升起，蕭瑟的秋風刮來，很快把濃煙吹散。

「我們什麼時候能夠離開？」

「等你把傷養好。」周諳含糊道，「你現在連行走都不便，半邊胳膊還未恢復，雙手拿槍都成問題。」

樓毓眼神一凜：「我單手也可以殺人。」

周諳笑望著她，手指梳理著她被風吹亂的長髮。

「阿毓，心中戾氣這麼深，不利於養傷。」

樓毓避開他的手，哼了一聲。

兩人並肩而立，前方寬闊的稻田被收割完，剩下堆砌的秸稈。半山的楓葉被染紅，遠遠望去，好像兇猛的火勢在半空蔓延，綿延不絕。

牽著牛的牧童、背著鋤頭的人，陸續從小道上經過。誰家窗戶口傳出了笛聲，一陣悠揚，天也越來越暗。

樓毓不寧的心緒倏然平靜了些，這兩天她總是毫無徵兆，突然間就想起樓寧。幼時的自己被她帶在身邊，混跡於臨廣的鬧市街頭，那些遠去的歲月又重回心頭，好像山間火紅的楓葉在心上燎原。

「你聽說過臨廣蘇家的六爺嗎？」樓毓忽然問周諳。

周諳還未回答，她又兀自地補充說：「他是我的生父，是樓寧最愛的人。可他不要我，也負了樓寧。」

這麼平靜且波瀾不驚的話，周諳卻從中聽出了憾恨。她墨黑的髮和身上的白色大氅翻飛，消瘦的身影彷彿隨時可能隨風而逝。見慣了那個從容的、乖戾的、張揚的相爺和少年將軍，眼前這個女子，叫人心疼。

「他叫蘇清讓，我……並不恨他。」樓毓轉而看了周諳一眼，意有所指，「周諳，你服下的那粒妄生花解藥，是當年樓寧用半條命換來的，可惜蘇清讓沒有等到，便宜了你。」

「你後悔了嗎？」

「什麼？」

「把唯一的一粒妄生花解藥給了我，你後悔了嗎？」

樓毓搖頭：「那藥對我來說並無多大的用處，不如救你，不然，你又如何活下來救我？」她把自己說得自私自利，困在坡子嶺時卻未想這麼多，純粹想讓周諳活命罷了。

周諳牽住她的手：「那我們便一起活下去。」

「……你難道不介意？」

「爲何要介意？無論出於何種目的，你終歸救了我。阿毓，我對你，只有感激，不會有怨恨。」他說，「眞正喜歡一個人，心是滿的，沒有餘地來裝下恨了。」

樓毓雙眸中透出一絲困惑和迷茫，喃喃低語：「眞正喜歡一個人，就不會去恨了嗎？我一直不懂，樓寧那麼喜歡蘇清讓，最後爲什麼又同意入宮呢？她是要報復蘇清讓，還是折磨她自己？若眞是身不由己，當初孝熙帝看中她時，她大可一走了之啊……」

「或許她是爲了你。」

樓毓臉上的神情一寸寸皸裂，彷彿聽到了一個天方夜譚的答案：「爲了我？」

這麼多年，樓毓百思不得其解的答案，如氣泡一般被周諳戳破了——

「天下之大，她能一走了之，或許是爲了你日後能夠出人頭地，不受任何人約束，有能力保護自己，她推著你走到了丞相的位置上，走到了今日。」

夜裡，樓毓輾轉反側，遲遲無法入睡。

借宿的這戶已經算是琅河村中富裕的人家，床榻上的被褥是周譜花了銀兩讓人新彈的，棉花鬆軟暖和，樓毓躺了許久卻依舊冷冰冰的，身上的暖意反而退盡了，雙腳似寒冰一般杵著。

隔壁傳來低低的說話聲，過一會兒就停了，緊接著門開了，周譜走進來。

他們對外宣稱是夫妻，主人家便只安排了一間房。樓毓昏睡的那些日子，兩人同床共枕也不覺得有什麼，如今她醒了，多少有些不自在。

然而不自在的只有她一人，周譜怡然地褪了外衫，便坐上了榻。頭低下來，離樓毓只有毫釐之距，見她眼睛仍睜著，溫聲問：「怎麼還不睡？」

樓毓反問他：「你今晚準備睡這兒？」

「不睡這兒還能睡哪裡？阿毓難道要我出去露宿到天明嗎？」周譜問。

樓毓差點就要點頭，卻被他制止：「我是你八抬大轎娶回來的，你便這麼對我嗎？」

後面還有委屈控訴，「你昏迷這些日，我衣不解帶地照料，夜裡還要起身餵兩次藥，怕你凍著怕你冷，又怕焐得太熱你踢被子，現在醒了，我就是這個待遇？阿毓，你的良心呢，還在不在？」

樓毓往裡邊挪了挪，言簡意賅：「上來。」

周諳不動。

樓毓主動掀開被子一角：「上來。」

周諳露出一抹笑，吹熄了燭火，躺在了她身邊。

黑暗中兩人靜躺著，手臂虛挨著手臂，衣衫貼在一起，卻沒有實際的接觸。樓毓先前一個人躺著亂動，這會兒挺屍，夜裡沒有一絲月光，窗外呼嘯的風聲灌滿了斗室。

周諳轉了個身，面向樓毓：「睡了嗎？」

樓毓沒有說話。

被子下面悄悄探過來一隻手，摸了摸她指尖，似是看她冷不冷。隨即整個人貼過來，箍住了樓毓的腰。

樓毓下意識往後一退，貼上了牆壁。

低低的笑聲響起。

「不是睡了嗎？」溫熱的氣息靠得過於近了，顯得咄咄逼人，讓樓毓感到壓迫。可他身上的藥香和溫度，卻不知不覺中誘人，像和煦的春風。

她頭再往後一縮，就快要撞上牆，一隻手忽地墊在了她腦後，周諳道：「不鬧你了，乖乖睡覺吧。」

「兩個人抱著沒那麼冷。」他揶揄，「前些日子抱著你睡慣了，你不能等我習慣了，又打破我的習慣。」

都是謬論！樓毓想，卻沒有再推開他。

兩個人抱在一起，確實很快就暖和起來。深秋的夜裡，就好像突然有了依靠，心裡沒那麼空了。

熟睡之後，樓毓冰冷的雙腳無意識地抵在周諳的小腿肚上，蹭了蹭，努力汲取溫度。周諳無聲地笑了笑，把人摟得更緊了。

翌日天氣轉暖，是個好天氣。樓毓看見河邊有許多洗衣的婦女，忽然抓起袖子，聞了聞，有股淡淡的皂角清香。

周諳被她這個小孩子氣的動作逗得一樂，走過去，問：「怎麼了？」

樓毓又嗅了嗅自己的頭髮，道：「我想洗個頭。」

琅河村婦女洗頭的方式彪悍，直接蹲在河邊，把一頭秀髮垂入河水中。到了樓毓這裡，周諳卻不答應了。

「我妻子大病初癒，右臂還未完全恢復，涼水洗頭容易寒意襲體，要是又感染了傷寒怎麼得了。」

於是趁著日頭，架起柴火，燒了桶水，兌好合適的溫度，做好準備工作。

樓毓坐在院裡的籐椅上，披散著頭髮。周諳想了想，差這家的大孩子搬來一把竹籐椅。竹篾冰涼，他找床薄毯鋪在上面，朝樓毓道：「躺上來。」

樓毓在相府當慣了大爺，心安理得地躺在籐椅上，頭伸出來一些，長髮如海藻般垂下，在空氣中蕩了蕩。

周諳先替她梳順，細軟的髮絲纏繞過指尖，竟讓人覺得愛不釋手。拿著瓢瓜舀水，澆灌下去，他問樓毓：「舒不舒服？」

「尚可。」

他笑：「怎麼這麼挑剔。」

樓毓又哼了一聲。

秋陽淺淺打過來，她閉上了眼睛。

這家的兩個小孩趴在院裡屋簷下的柴堆上，兩雙眼睛滴溜溜地打量他們，圓圓的腦袋動也不動，看得入神，大概是從小到大還沒見過這樣大爺似的洗頭方式。

驚詫和好奇的不止兩小孩，還有大人也一樣感覺到不可思議。從門前路過的人，不論男女老少，皆要回頭多看幾眼。沒過半天琅河村裡就傳開了，金家借宿的那對夫妻如何如何恩愛，丈夫對妻子如何如何體貼。

樓毓和周諳沒有想到的是，過了兩天，居然迎來了幾位媒婆上門。

「孫家的閨女正值豆蔻年華，模樣俊俏，踏實肯幹……」

「陳家的大女兒也合適，雖說年紀稍微大了那麼一點，勝在性子軟，體貼人，娶了她一輩子享福……」

「還有，還有……」

樓毓坐在一旁聽著，手中拿著卷書，日光從窗扉漏進來，深深淺淺地落在字裡行間，她還有心思拿筆做兩行批註。

周諳不如她這麼清閒，臉上揚著笑拒絕：「不用不用，一來我家娘子生得俏，我還未曾見過比她貌美的女子；二來她善解人意，有她做知己，是我的福氣。雖說有時性子冷了點，但我慢慢將她焐熱了就是……」

「勞您費心……」

「多謝您的好意……」

周諳把這些人請出門去，還有吵吵嚷嚷不甘心的聲音透過門縫灌進來：「周公子，你娶了我家女兒不會虧的！穩賺！」

樓毓聽見這話，終於「噗哧」一聲笑了出來。周諳進門，對上她笑意盈盈的眼睛，爲那笑容怔了一怔。

「方才那般費心的推拒總算不虧。」能換你眞心實意的一笑。

「你若是覺得虧了，可以反悔，那些媒婆還未走遠，你可以追回來。」

「那我去追了？」

「去吧。」

「不留我嗎？」周諳看似失望至極，目光黯然。

「不留。」樓毓的視線收回，又落到書上。

腳步聲走遠，周諳出了屋子。約莫過了半炷香的時間，他又端著藥碗進來。樓毓聞著那股味道，皺起了眉，十分嫌棄道：「你怎麼還在這兒？媒婆呢？」

周諳歎息：「每日忙著煎藥，哪還有空找媒婆。」

樓毓苦大仇深地望著那碗黑漆漆的藥汁，她這麼能吃苦的人，嘴上不說什麼，胃裡卻已經犯噁心。

「這藥要喝到什麼時候？」

周諳說著風涼話：「那得看你什麼時候能好。」

樓毓眉頭都快皺成一個疙瘩，屏息，端起藥碗，一口氣灌下去：「我要是好了，就要走了，到時候你待如何？」

樓毓問：「跟我一起走，還是回你該回的地方？」

琅河村入冬時，樓毓的身體恢復了大半。

她窩在這方靠山的小村莊裡，與外面的世界隔絕，山旮旯裡飛不進任何消息。即便外邊變了天，這裡還保持著柴門聞犬吠的寧靜，好像再大的浪潮，也湧不進這裡來。

天一變冷，出去走動的時間都被周諳限制了。樓毓每日坐在炭火盆前烤火，抿一口小酒，還未嘗出味道，手裡的酒杯就被抽走了。周諳怕她悶，從各家買來地瓜乾、棗糕之類的零嘴，樓毓吃得少，大半便宜了兩個小孩。

爐子上架著水壺，咕嘟咕嘟煮水，慢慢煮到沸騰，用來沏茶再好不過。白雪往下落時，窗外只聽見簌簌的聲音。田野山林間，沒有了人的蹤跡，鳥獸也不再出來覓食，只有層層銀白覆蓋下來，落滿整座村莊。

樓毓在這裡度過了最悠閒的一段時光，偶爾也生出懦弱的情緒，想著或許在這裡待一輩子也未嘗不可。

但這個念頭只是從腦中閃過，就被她驅趕出去。人都喜歡貪圖安逸，趨利避害，滿足於現狀。可她不能，她還要回京都幕良，那裡還有她牽掛的人，她更不能讓自己悄然在世人眼中死去，死得不明不白。

手臂恢復之後，樓毓開始在院裡練武。小孩兒撿給她的樹枝，被她拿在手中比畫，鞭答著空氣中的寒意，發出凜冽的聲響。

乾枯的枝丫好像在她手中回春，重新煥發了生機。滿天飛雪中，孤絕的身影像一柄鋒利的劍刃。衣袍與天地間的銀白融爲一體，積雪上烙下一個個腳印，枯枝化作了長槍，凌厲的招式驚著了屋簷下偷看的孩子。

兩人齊齊把腦袋一縮，被削斷的一根頭髮絲兒飄落在地。

周諳捧著熱茶盅一言不發地看著，目光飄得很遠，難得沒有把人叫進來。

夜裡兩人照舊同床共眠，周諳忍不住一陣咳嗽，額頭發熱，樓毓擰來滾燙的熱毛巾給他敷上：「這些天光顧著念叨我，自己倒著涼了。」

周諳笑了笑：「我自小在藥罐裡泡大的，這點風寒算不得什麼。」

在相府時，樓毓每天清晨起床聞見廚房方向飄出的藥草味，大喵、小喵扇著爐火，她心道那個病秧子真是麻煩。在琅河村住的這些天，她和周諳對調過來，自己弱不禁風，處處受他照拂，倒忘了他曾經吊著一口氣也差點入了鬼門關。

「你……」她冷清的面容上露出一絲不自然的神色，撞進周諳瞳中，「你身上妄生花的毒可解了？」

後者聽出她話裡關懷的意味，笑弧勾起：「多虧了阿毓的解藥，好得七七八八了。」

樓毓點頭：「我說過，只要毒解了，你這一身亂七八糟的病多加調理，都慢慢會好。你自己懂醫術，平時也多注意點兒。」

見周諳目不轉睛地望著自己，樓毓不解地問：「怎麼了？」
周諳失笑：「難得你囑咐我這麼多，頓時有些受寵若驚。」
「我平日對你很差嗎？」
周諳重重點頭，似控訴：「尚可，偶爾有些冷漠。」
樓毓覺得好笑，周諳道：「我們是夫妻，而且是共過患難的夫妻，無須你儂我儂，但你若能天冷時替我添件衣，空杯時替我沏一碗茶，我便知足了。」
樓毓扯了扯嘴角，往被子裡縮了縮：「那不如我休了你，你另取一位賢妻吧。」
周諳樂不可支，大笑起來，話裡還帶著點鼻音：「那還是天冷時我替你添衣，空杯時我替你沏茶好了……」舒展的眉目如畫，墨瞳如深潭，倒映著樓毓的眼，他情不自禁地輕撫了上去，「你這輩子，還是將就著同我過吧。」
屋外皓潔的月光映照著白雪，山間好像升騰起煙霧，把與世隔絕的琅河村籠罩在一片朦朧中。
周諳大約因風寒堵塞了鼻子，呼吸聲比以往要重些，他似乎睡得很沉。
樓毓從床上坐起來，輕手輕腳套上了粗布複襦和氅衣。俐落地收拾好一切，背上包袱，她靜立於床頭，看了看睡夢中的周諳。

幾秒過後，她替他掖好了被子的邊角，轉身離去。

打開院裡的柴門，漫天的風雪迎面撲來，身上的暖意片刻就消散了。她替自己戴上氅衣厚厚的連帽，以遮風雪，頭也不回地走了。革鞜很深很深地陷進雪裡，每走一步都顯得艱難。前方的路看上去無比崎嶇，翻過兩座山後，會有一條官道。

無垠的天空懸在頭頂，腳下的山河萬里蒼茫，她渺小如螻蟻、如浮塵、如草木，卻不能後退一步，只能朝幕良的方向勇敢前行。

貳

將近年關，繁華的京都越發熱鬧起來。一連多日的大雪並未打消眾人的興致，路旁的棚子裡仍舊坐著滿滿當當的人，個個捧著手爐，閒得嘮嗑，唾沫子橫飛，被提及最多的，便是那位戰死在坡子嶺的年輕相爺。

當初譴責樓相暴戾恣睢，行事荒誕過於隨性的文人們聲聲歎息，歎天妒英才，英雄也薄命，生前兩次率兵大敗葉岐，保衛過大好河山，最後落得埋骨他鄉的下場……

等等，也不算他鄉。

那樓相本就是寧夫人與臨廣蘇家之子所生，說到底本就是臨廣人氏，葬在那處，也算魂歸故里……

說到了寧夫人，唉，寧夫人也可惜了……

——噓。

——噓，小點聲。

話題扯開了，便收不回來了，可有些話還是不能聲張，被大街上巡邏的衙役聽見了抓起來是要殺頭的。

語畢，聲音漸歇，頃然又聊起了別的。

老槐樹上已經添了粉白的新襖。

莊愔雨攜兩個丫鬟剛從胭脂鋪出來，在茶樓中歇歇腳。一樓大廳中的曲兒沒聽進多少，那些細膩婉轉的調子迴盪在一片喧嚷中，飄出了窗戶，耳朵倒是裝進去了不少閒言碎語。

莊愔雨靠著椅背，不由得出了神。最近樓府裡壓抑，好不容易今日出來散散心，她坐的是二樓臨窗的位置，隔座的酒氣飄來，又潮又悶，她便推開一線紙窗透氣。

外邊清冽的寒意絲絲吹進來，莊愔雨打了個哆嗦，被炭火熏得發昏的腦子登時清明不少。

視線倏然落到對街的一個人影身上。

那女子撐著一柄素花油紙傘，傘面被零星的細雪覆蓋。再看傘下的那張臉，被氅衣連帽擋住了幾分，欲遮未遮，遙遙望去，好似隔霧看花，只有那雙冷清的眉目宛如剔透的冰霜，又美又冷。

如同天上仙，不似凡塵人。

靜候在身邊的丫鬟顯然也看到了，暗暗感慨那女子眞美，看那氣度，不知是哪家的小姐。

莊愔雨看著那人影一路走遠，進了瓊液樓，想起什麼，囑咐丫鬟道：「待會兒去瓊液樓買兩罈新出窖的酒回去。」

不知爲何，樓淵最愛那一家的酒，她投其所好，總沒有錯。

說起瓊液樓，也爲衆人所津津樂道。

莊憎雨記得，樓相薨的消息剛傳到京都來時，瓊液樓的老掌櫃站在門口大聲反駁，說是有人造謠，樓相年紀輕輕，怎會就這麼去了！結果沒過兩天，皇帝的聖旨頒佈昭告天下，確認消息屬實，城牆上還張貼了訃聞。

瓊液樓爲此閉門歇業三天。

樓相死了，無人替他收殮屍骨，無人替他披麻戴孝，變成老少爺們兒口中的談資，末了附上兩聲輕飄飄的歎息。待這陣風頭過了，普天之下，還有誰記得他呢？

最後竟是老掌櫃帶著店小二出城門，沿著小道向南撒了一路的紙錢。

曠野的風啊，一路吹到臨廣去。

歸去來兮，魂回故里。

這些事莊憎雨也是道聽塗說，不知眞假。到了瓊液樓門前，雖未進去，但她還是忍不住朝裡望了望。方才瞧見的那位女子正巧也在買酒，照舊瞧不清臉，只見她從錢袋中掏了碎銀出來付帳，朝老掌櫃微微頷首道：「多謝——」

那聲音沁涼清冽，比尋常女子的嗓音嬌俏活潑，音色低了一分，聽起來十分沉穩。

莊憎雨正這樣想著，丫鬟捧著酒罈出來了：「夫人，酒買好了。」

「那便回吧。」

馬車在樓府門前停下，家僕立卽迎了上來。莊愔雨被攙扶著走下轎凳，她問道：「大人回來了？」

家僕恭敬道：「申時不到，就從宮中回來了。」

莊愔雨又問了一連串問題，家僕都一一耐心答了：「心情尚可，看不出是喜是怒。現下正在書房。只喝了兩盅茶。」

莊愔雨親自拿過丫鬟手中精巧的酒罈朝書房走去，遊廊幽深，寂靜中，她聽見自己略微急促的步履聲，洩露了她想要見到樓淵的急切心情。她低頭看了眼懷中的酒，復又整了整衣襟，拾起掉落的矜持之態，不急不緩，邁著小步從庭院中穿過。

書房的一扇門敞開著，莊愔雨走了進去，望著端坐在桌案前看摺子的男人，走近道：「方才路過瓊液樓，帶了罈你愛喝的酒。」

樓淵並未抬頭：「暫且先放著。」

莊愔雨遲遲未動，也不曾離去，沒有聽見關門的動靜，樓淵詫異地抬頭，見她泫然欲泣，終於放下摺子起身問道：「愔雨，怎麼了？」

莊愔雨心中的酸楚無處訴說，只搖了搖頭，粉面上滑過淚痕。

「你也知道最近朝堂上的事多，等這一陣忙完，開春天氣暖和了，我隨你去那郊外住上些日子，你不是一直想去半山亭看桃花嗎？」

三言兩語的勸慰立即哄得莊愔雨喜笑顏開，她不敢相信：「眞的嗎？」手指絞緊了帕子，神色期待。

他們夫妻二人自成婚以來便相敬如賓，也處得來，只是少了親密。樓淵待人待事過於冷漠，樓相出事之後，他臉上的喜怒哀樂全都銷聲匿跡，平日裡端著一張十殿閻羅似的臉，讓人不敢靠近一分。

今日借著這契機，莊愔雨心中躊躇許久，道：「我知你與樓相一同長大，如同親兄弟一般，他……」

不知被話裡哪個字眼戳中，樓淵瞳孔猛地瑟縮了一下，莊愔雨毫無察覺，繼續善解人意地勸慰：「他若在天有靈，見你若此，定會傷心……」

樓淵打斷她：「我知道。」不欲讓她再說下去。

「酒我會喝，桌上還有摺子沒看。」他下了逐客令。

方才緩解的氣氛，一時消散無蹤，兩人又陷入僵局。莊愔雨悄然打量樓淵，面如冠玉，星眉劍目，依舊是豐神俊朗的男兒郎，卻宛如被覆上一層風霜。

不像生氣，也不像動怒，面前照舊是讓人捉摸不透的七公子。

「我提起樓相，讓你心中不適？」

偏生莊愔雨還要這樣問一句。

樓淵喝了口酒，辛辣壓住從四肢百骸湧上的痛意：「沒有，她從來不會讓我感到不適。」手指摩挲著杯壁上鏤刻的祥雲紋路，他緩緩地，朝莊愔雨露出一個淡笑，「夫人，面前摺子還一大堆，你再叨擾下去，你相公就不得不宿在書房了。」

莊愔雨被他一句話說紅了臉，哪還有心思管什麼樓相，再叮囑兩句掩著門便出去了。

終於恢復安靜，只餘飛雪的聲音，春日飛花般落滿庭院。

頭頂的青瓦動了動，像是誰家的貓從上面踩過，樓淵起先並沒有在意。直到一片瓦被移開，屋外的天光和雪梨一同蕩了進來。

樓淵驀然抬頭一看，房頂上攜風而來的女子涼涼地看著他，衝他笑了一下，張口無聲喚道：「阿七——」

樓淵打翻了石硯，濃墨灑了滿桌，一片狼藉。

再也顧不上其他，樓淵衝出去找人，樓毓就坐在屋脊上等他。樓府中人多口雜，樓毓不欲多說，朝樓淵做了個手勢，兩人一前一後疾速從樹梢上掠過，來到樓府僻靜的後山。

雪未消融，蒼翠的山林上方如有團團雲霧籠罩。

「以前總是你拎著瓊液樓的酒來找我，這次想請你喝一回酒，卻不想又被人領先了一步。」樓毓道。

樓淵望著面前近在咫尺的人，竟有恍如隔世之感，這才注意到她臂彎中抱著一個酒罈，想想方才他與莊愔雨在房中的對話，她在屋頂上必然也全聽見了，心下黯然，又無從解釋。

樓毓又道：「原來她叫愔雨。『共飛歸湖上，青草無地。愔愔雨，春心如膩。』是個好名字。你與她成婚這麼久，我今日還是頭一回見她，按理來說，應該要給一份見面禮才對……」

樓淵面色青灰：「阿毓……」

「你還活著。」他於風雪中望著她，平素淡漠沉穩的嗓音有些顫，「我就知道，你一定還活著。」

樓毓一怔，眼中黯然，垂眸道：「我可是樓毓，哪那麼容易死。今日來見你，只因恰巧路過樓府，你……不必多想。」

她一路馬不停蹄地趕來幕良，還未進宮見樓寧，反倒先進了樓府，哪可能只是恰巧。如此緊要關頭，她還想著要見一見樓淵的妻，平心頭憤恨。今日總算如願以償，她坐在屋頂，挪開半片瓦，看樓淵和莊愔雨說話，心道原來這便是夫妻，剛才在瓊液樓門前遇到的女子，就是阿七的妻。

想到這裡，曾經以爲會深深駐紮在心中難以根除的惡意的種子，也並未發芽成長，佔據她的胸腔。灰心過後，反倒有一絲釋然。

她道：「你房中已有了酒，這罈我便留著自己喝了，如今我手頭也不寬裕，能省一點是一點。我還趕著進宮見我娘，我們就此別過了。」

「阿毓！」樓淵急切地叫住樓毓，打量她這一身女裝，「你的面具……」

「扔了。」樓毓一笑，「皇帝宣布樓相已死，我戴著那個面具反倒麻煩，如今恢復女兒身不會有幾個人能認出來。」她提起裙裾，抖落上面的白雪，站在離樓淵幾步的距離，問道，「我這身打扮，好看嗎？」

「好看……」樓淵低喃。

十幾年前盛夏的豔陽當頭，那個搖晃著稻穗走進視線中的孩子第一次在他面前堂堂正正變成個女子模樣。十幾年的光陰如流水劃過，孩童長成了大人模樣，世事不可回頭，當年攜手的小小稚子終於背道而馳漸行漸遠。

樓淵看著她往皇宮的方向去，她要找樓寧，他知道，怎麼也來不及阻止了。

偌大而森嚴的宮殿隱在夜色中，厚重的朱紅色宮門不知關住了多少紅顏青春。樓毓抓住宮中巡邏侍衛換班的時機，一身夜行衣從宮牆外一躍而上，朝紫容苑的方向直奔而去。

那一片的空氣透著詭異的安靜。

樓毓終於察覺到不尋常。雖說以樓寧冷清的性子，往日紫容苑也不見得會有多熱鬧，可也不至於像現在，一盞燭火也不留，似是無人居住的荒村老宅院。

直到看見苑門上的封條。

雪停了，月光照見滿院枯敗的梅花。樓毓衝進漆黑的寢殿去找樓寧，哪裡還有人影。

她呆愣地跌坐在地，外面忽然傳來斷斷續續的哭聲，循著聲音找過去，發現是之前留在樓寧身邊照拂的太監劉冕。

劉冕被玄衣墨髮的樓毓嚇得呆住，樓毓作女子打扮，與樓寧的容貌有幾分相似，劉冕把她當作了還魂的樓寧，痛哭流涕：「夫人，奴才知道您走得冤，走得不甘心，您和相爺都是命苦的人，如今在地下團聚了……」嘴裡念念有詞，手上燒著明黃的紙錢。

「你說什麼？」衣袂被寒風吹蕩，樓毓聲音顫抖，「誰走得冤？誰走得不甘心？」

她心中已有答案，偏偏還期望從劉冕口中聽到不一樣的回答，沒有意外地聽見劉冕說：「皇上要對付世家，對付樓家，殃及了您，您這一生過得悽苦，不如早早去投個好人家……」

不等劉冕再說下去，樓毓如一陣風刮過似的離開了，身後的紫容苑孤塚般立在宮廷中的一角。

樓府僻靜的容清池。

樓淵站在水榭上等人，樓毓來得比預料中要快。

池面浮著晶瑩的冰塊，四處有緩緩流水的聲音。樓毓氣勢凜冽地尋來，急促地詢問：「我不在幕良的這些日子，你應該最清楚宮中發生了何事，我娘……我娘……她怎麼了？」

有些事情不可能一直瞞下去，終有被戳破的時候，樓淵自今日見到樓毓時就想，能拖得了一時，便拖一時。

可這一刻來得這樣快。

「皇帝一早就想要削弱世家特權，這次你下落不明，在坡子嶺失蹤，正是難得的時機。他對外宣布你戰死的消息，借此收回兵權，再拿寧夫人開刀，向樓家施威。你與夫人都是樓姓，都是樓家出來的人……」

「尋的是什麼罪名？」

「通姦。說是寧夫人與奉天府尹在紫容苑後院相會，被人抓了個正著，皇帝當場大怒，賜夫人三尺白綾。」

「她葬在何處？可有人替她殮屍收骨？」

「她並未用那三尺白綾，而是在紫容苑的一間偏殿裡放了一把火，把自己燒得一乾二淨，什麼也不剩。皇帝來日便下令，讓人把燒塌的兩間屋子原模原樣地修好，如今看上去和往日沒什麼兩樣了。」

樓毓腦子反反覆覆迴盪著樓淵那句「把自己燒得一乾二淨，什麼也不剩」，這確實像是樓寧會做出來的事。可她怎麼甘願就這麼死了，死在幕良的深宮，她不是恨蘇清讓嗎？不是想回到臨廣與他同穴而眠嗎？她是不是在這人間待得太久，知道再也等不回他，所以乾脆化作一縷灰飄散？

樓毓心裡也有一把火，把她的心肺都燒焦了。

流水的聲音聽起來像在哭，她連眼淚也無，凝望著水上的浮冰，心上如有縫隙無聲破裂，她冷冰冰地開口：「那樓家呢？就任憑別人這樣欺負樓家嫁出去的女兒嗎？明知這事只是個引子，先是樓寧，接下來就是整個樓家遭殃了。」

樓淵低聲道：「我與父親在朝上因替寧夫人求情，被皇上直接駁回，連降三級，樓氏一脈皆受牽連。」

樓毓驟然嗤笑出聲：「連降三級，這便是你們做的努力？你們樓家就這點能耐嗎？連一個女人也保護不了。」

「事出突然，皇帝先發了訃告，接著寧夫人便出了事，我來不及……」

樓毓發出一聲撕心裂肺的低吼：「閉嘴！」她望向樓淵的眸中如藏深仇大恨，一片血紅，「不是來不及，是你從未想過要護住她！從未考慮過我！若我在場，即便反了皇帝捨了性命也會救她，只因她是生我養我的人，於你們樓府而言不過是一粒棄子，你們當然不會盡全力。」

昔日情誼如今一朝散盡，椎心泣血。

「你幼時在樓府處處受欺負時，她也照拂過你，她也曾替你織過冬衣，替你鋪過床榻，到頭來你便是這麼對她的？」

連串的逼問，讓樓淵面上血色盡失。

「阿毓，在你心中，你就是這麼想我的嗎？」

樓毓的心智早就被心裡的那場大火燒光了。

「難道我想錯了，冤枉你了？你走至今天，離樓家家主的位置只有一步之遙，不惜娶了素未謀面的太傅之女莊愔雨，不惜與我恩斷義絕，如今還有什麼是你做不出來的？」

樓毓這一場遷怒，把樓淵踩進地底。他像被那荷花池中的淤泥，灌滿身體，沉重地、一寸一寸地往下陷。

樓毓的聲音像寒冬刺骨的風鑽進耳蝸裡：「我去殺了皇帝。」

她能率兵出征，替皇帝賣命，也能拚了性命去取他首級。樓寧死了，樓毓有一瞬間甚至想，她也不用活了，這樣便眞的沒有牽掛了。

這些年她與樓寧相依爲命，她被折磨，被歷練，被迫成爲今天的樓毓。她恨樓寧，恨意之下卻是血濃於水的依戀。

樓寧進宮前，樓毓曾在她膝前跪下：「若您不願意，孩兒萬死，也保您周全。」

曾經錚錚的誓言迴盪耳邊。

樓淵死死抓住她，氣急敗壞：「你不要命了?!」

樓毓甩開他的手：「不要了，今天誰有本事就讓誰取了去。管你是驍勇善戰的御林軍，還是名動天下的七公子。」

自小，樓毓發瘋，樓淵都是攔不住的。

她兩招便從水榭上逃脫，踩著池面的碎冰如飛燕從夜色中掠過，樓淵只撕下了她半片玄色的衣角，無奈地緊跟上去。

宮中冷冷清清的，大雪落後，往日前來尋食的白頭翁也銷聲匿跡。

孝熙帝近日頭疼得厲害，這一陣世家被打壓，朝中各方官員在皇權與世家之間搖擺不定，他再施施威，那些人就要朝他這邊倒了，自己的勝算便又多了一分。

這是好事。

可他閉目養神時，老是想起紫容苑的那一場火。

傾國傾城的女子接到三尺白綾後緩緩笑開的神情，似如釋重負，似一直等待這一刻的降臨。血一般的火苗越躥越高，燒毀了傾城色。

原來帝王也有得不到的東西，孝熙帝不願承認。

這是他登基以來的第二場大火：十餘年前，身患癔症的歸橫一把火燒了東宮，自焚身亡，南詹王朝失去了史上最天賦異稟的一位太子；十餘年後，南詹最美的後妃燒死了自己，似對這個世間已沒有眷戀地離開了。

窗上映出一個凜冽的影子，孝熙帝怔然，隨後屋外便響起了打鬥聲。

「護駕！」大太監又尖又細的聲音炸開。

刺客的攻勢太猛，支援的侍衛還未趕到，她已經殺到皇帝的寢宮，自屏風後走出。手中提著明晃晃的長劍，泛著冷光。

孝熙帝渾身一顫，不可置信地指著樓毓，喉嚨發不出聲音。

他將樓毓看作了樓寧。

九五至尊的天子，披著金線銀絲勾勒的衣，坐在雲錦緞面的椅上望眼欲穿，一副矛盾至極的神情。

樓毓看著他諷刺地笑：「現在來扮什麼深情，若真有那份情誼，你賜她白綾時也都耗盡了。」

劍刃刺過去，被人用掌心攔住，掌心一時鮮血淋漓，血珠順著指縫滑下，滴落在地。

樓毓看清來人是樓淵。

「你現在收手還來得及，趁著禁軍還沒有趕過來！」

樓毓不欲再與他爭辯，被他攔住，已經無法近皇帝的身。

外面圍過來的侍衛越來越多，樓毓心裡明白今晚被樓淵這麼一擋，皇帝是殺不了，日後恐怕也機會渺茫。

與樓淵纏鬥時，她分了神，左腹中了他一掌。

一個不慎，她被樓淵鎖住雙手，只有兩人聽得見的微弱聲音如針尖紮在她心上：「你清醒一點！若不是寧夫人一心求死，憑她的本事，怎麼可能逃脫不了？與其說是皇上賜死了她，不如說是她殺死了自己！」

樓毓明白，樓淵說得沒錯，是樓寧自己活得不耐煩了，誰也攔不住她，皇帝賜白綾只是一個契機而已。

樓毓不要命地找皇帝報仇，不過是爲了找尋一個發洩情緒的出口。生死被拋到腦後，本來也就沒有想過要再活著出皇宮了。

可樓淵不想讓她死。

樓毓手中的劍被他奪下，寢殿外已經圍滿弓箭手，隨時等候號令。眼看著樓淵就要擒住樓毓的關鍵時刻，他卻猝然鬆了手。

他把樓毓往臨水的一扇側窗外一送。

樓毓如一尾魚跳入水中，頓時沒有了蹤跡。

這一動作來得突然又迅速，連躲在柱子後的孝熙帝也沒有想到，滿眼驚愕，還未從過度的驚訝中回過神來。

樓淵跪下請罪：「請皇上恕罪。」

孝熙帝雙手撐在窗戶上，眺望著夜色中波光粼粼的水面，急忙追問：「她是誰?!她是不是樓寧?!」

樓淵聽出他話中更多的是對已逝寧夫人的不捨，道：「她是寧夫人。」

「大膽樓七！你是不是以爲朕老糊塗了，所以什麼都敢說，以爲這樣就可以蒙混過關，想糊弄朕！」

樓淵額頭點地：「臣不敢。」

「你有什麼不敢的！」孝熙帝怒髮衝冠，想到樓寧出事時，樓淵不顧忌君臣身分橫加阻攔，甚至說要徹查樓寧與人私通之事，不能草率定論。他當場反抗聖旨，替樓寧求情，不惜以性命擔保。

孝熙帝勃然大怒，罰樓淵受了重刑，半月內在監牢中吃盡了苦頭，貶官三級。

念及樓寧，孝熙帝心中百般滋味。

「今晚行刺的刺客朕一定要好好調查清楚，看她究竟是何人！」本欲再治罪樓淵，卻見他因傷勢復發，倒在了打鬥過後一片狼藉的殿中。

孝熙帝頭疼地讓人把樓淵拖下去，等候發落。

樓淵的身分和他身後的樓家都讓皇帝忌憚，尤其是當下皇權與世家之間的關係岌岌可危，如緊繃的一根弦，只要再摩擦出一點兒火星，接下來勢必會大火燎原，一發不可收拾。

忽然，一聲脆響打亂了皇帝的思緒。

從樓淵的衣袍中掉出來一枚玉環，被一根紅線纏著，掛在身上的。

現下不知怎的，紅線斷了，玉環恰恰滾到孝熙帝腳跟前，轉了兩圈，便不動了。

孝熙帝彎腰撿起來一看，玉環邊沿稍薄，中間偏厚，光滑瑩潤，壁上雕刻蟠螭紋，旁襯捲雲紋，看似和普通人家的玉環無異。仔細瞧，卻有一處突兀，螭只有一隻眼睛。

孝熙帝大怔，手指用力似要把玉環捏作齏粉。

「慢著！」他吩咐身邊的大太監，「暫且先留下樓七，今天發生的事也別傳出去。」

大太監疑惑，看了一眼昏迷的樓淵：「留下來的意思是不處置了？」

孝熙帝把手中的玉環交給他，大太監一看直接就跪下來了：「奴才眼拙，這不就是當年渠芳齋那位主子的玉環嗎？」

孝熙帝問：「你沒認錯？」

大太監道：「奴才絕不會認錯。奴才曾經跟在淑妃娘娘身邊十年，這點眼力見兒還是有的。娘娘這枚玉環上的螭，是獨眼的。」

孝熙帝跟淑妃杜秋水之間有過一段情，杜秋水得重病去世之前，與皇帝是非常恩愛的夫妻。杜秋水曾早產生下一子，卻是個死胎。那嬰孩被當年浣衣房出身的一位老嬤嬤埋在了冷宮後的一株紫杉下。

只是，杜秋水的玉環，怎麼會在樓淵身上？

-參-

全城戒嚴。

在城門口看守和巡邏的士兵比平常增加了兩倍，進出幕良的車輛和行人都需仔細檢查。孝熙帝費盡心思正在找的人，卻並未想著要立即出城，反而大張旗鼓地在河邊的稻穀堆上燃起了煙花。

那是樓毓用來聯繫衿塵年的信號。

師徒兩人曾說好，不到萬不得已，不會燃放煙花，除非生死攸關。

幽暗詭譎的藍色火苗躥上夜空，炸開之後，像一朵蓮的形狀，維持幾秒後火花散開，跌落，像今晨落下的雪。

樓毓連放三支，把所有的機會都用完了，等了許久衿塵年也沒有出現。她那個總是神出鬼沒似乎無處不在的師父，這一次沒有赴約。

深沉的夜色中，浩瀚的天地間，彷彿只剩她一人。

待到晨光熹微，樓毓坐在稻草上看著隱在晨霧中的蒼茫四野逐漸顯露出輪廓，出來覓食的鳥開始啼叫，她終於放棄了等衿塵年出現的念頭。

接近午時，樓毓換了一身裝扮決定出城，灰布袍子，搖著一面布幡，上面寫著「黃半仙算命」幾個大字。面黃肌瘦，下巴處粘了一小撮鬍子。

她混在排隊等候出城的人群中，意外地發現了大喵、小喵的身影。兩個丫鬟一直坐在旁邊露天搭建的小茶棚裡喝茶，半天不見走，顯然是在等什麼人。

樓毓走過去：「小二，來一壺酒。」

店小二熱情地問：「好嘞，客官，請問您要什麼酒？」

樓毓道：「醉仙釀。」

在場幾人皆是一愣。小二陪笑道：「客官，您點的醉仙釀可是瓊液樓酒家的招牌之一，小的這兒可沒有……」

大喵、小喵聽到這幾個字則敏感地朝樓毓望過來，樓毓不動聲色地朝她們比畫了一個手勢。

「既然沒有，那爺就走了。」樓毓應付著小二，臨走之前還問，「要不要算上一卦？」

小二見她沒給自己做生意，還想要攬生意，熱情的一張臉變了顏色，把她往茶棚外推：「趕緊走，趕緊走……」

樓毓走幾步進了一條逼仄的小巷，巷子口連日來的積雪還未消融，被頑皮的孩子滾成雪人堆在路中央，差點把入口給堵死了。

樓毓沿著巷子走，旁邊有一扇門開了，大喵探出頭問：「先生算命準嗎？」

樓毓道：「不準不要錢。」

大喵問：「多少錢一卦？」

「這個可以再商量。」樓毓跨進院門檻。

小喵圍上來，情急之下揪住了樓毓的袖子：「您眞是我們相爺嗎？」問完才察覺不妥，又趕緊鬆開了手。

「你們倆在城門口做什麼？」

「等您！」大喵急切道，「七公子讓人傳信給我們，說您一定會出城，讓我們這幾天晝夜不分地去那兒等您，您看見我們，勢必會現身的。」

樓毓哼道：「他倒清楚。」

終究還是沒有打聽樓淵現在如何了，昨晚他當著皇帝的面放跑她這個刺客，免不了要被治罪。

「爺，我們就知道，您一定還活著，可大街上都在傳，說您死在了坡子嶺，他們沒有親眼所見，怎麼能亂說呢……」小喵憤憤不平，「我和姊姊一直在等您回來。」

「皇上說樓相死了，樓相便死了。」樓毓平靜道，「以後也不會再有樓相，你們不用再記掛了。」

「您的意思是……您不會再回來了？」

「世事無常，這個誰能說得準。」樓毓問，「我出事之後，府內如何了？」

大喵答道：「廚子去了南坊街上生意最好的那家酒樓，花匠改行做起了小生意，掃地的老伯說自己年紀大了，背著包袱回鄉了，只剩下我和小喵兩人。原本就空蕩蕩沒幾個人的相府，現在眞成一座空宅子了。」

樓毓道：「你們兩個姑娘待在那兒也不是事，趁早尋個好去處吧。府中若還有什麼值錢的東西，可拿去當鋪當了，換些銀兩。」

兩丫鬟聽完潸然淚下，一時不免傷春悲秋，感慨萬千：「那您呢？您今後要去哪裡？」

樓毓望向她們的目光帶著一絲審視，聲音一凜：「你們是替誰問的？你們自己、樓府，還是樓淵？」

大喵、小喵齊齊跪下，大喊冤枉。

「方才路邊茶棚裡的小二，是樓府的家僕，我以前去找樓淵時曾見過他。他替你們倒茶、拿點心，從你們交談中可見，相互之間應該是熟悉的。」樓毓道，「識時務者爲俊傑，這種形勢下另投其主，也算情有可原。」

二人僵硬，喊冤的話被堵在喉嚨口，於是漲得滿面通紅，啞口無言，再多的辯解在這人面前也只是徒勞罷了。

她彷彿已經看穿了她們。

一股寒意從大喵後背湧上，憑樓毓的功夫，眨眼間就可置她們於死地。

「你們走吧。」良久，等來一聲歎息，傳到兩人耳朵裡百般不是滋味。如釋重負的同時，兩人也感到羞愧難當。

大喵臉皮薄，臉紅得滴血，跪著遲遲未起。

樓毓道：「主僕一場罷了，我也沒想過要你們的真心。」

小喵猶猶豫豫地說：「七公子爲您準備了馬車和通行的權杖，再過兩個時辰，等城門口的侍衛換成了自己人，您便可以輕鬆出城了。還有……還有屋子裡那箱東西，是七公子託宮中的老嬤嬤們帶出來的，是寧夫人的遺物，想著搜羅了給您，讓您日後也好有個……」

不待她說完，樓毓道：「東西在哪兒？」

「屋子中央放著。」

樓毓衝進屋，打開木箱，裡面是一個匣子和一些衣物。匣子邊邊角角被磨損得厲害，紅漆剝落，快掉光了，露出原本木頭的顏色，看得出有些年頭了。

匣子裡裝著幾封陳舊的書信，是當年蘇清讓寫給樓寧的。那時蘇清讓還未變心，他們夫妻成天浸在蜜罐子裡，一日不見，滿紙相思，情到深處，沒一點矜持可講，心裡怎麼肉麻信上就怎麼說。

樓毓一一讀下來，眼前不覺已模糊。

她在草木蕭瑟的院中一把火燒了木匣，把它們全燒給樓寧，還有那些衣物。衣物中混著一頂斗笠，顯得突兀。

不過是平常物件，卻不平常地出現。樓毓驚詫地拿起這頂熟悉粗糙的斗笠，因有預感而雙手微微顫抖。

這頂斗笠不屬於樓寧，屬於衿塵年。

無數個雨夜，衿塵年披著蓑衣戴著斗笠出現在她眼前，教她武功，教她撒潑打滾混江湖，帶她奔跑一夜去喝杏花村的酒，帶她聽書、看戲、買糖葫蘆。

樓寧只會讓她自生自滅，衿塵年手把手教會她如何生存。

樓寧沒有給她的，衿塵年全給她了。

樓毓臉上不知是哭是笑，她渾身戰慄。雪後初霽，日光從院中照耀進來，映在她臉上。新開張的算命先生扶著灰白的牆垣低著頭，腳邊是漸漸熄滅的火。

信燒光了，衣物燒光了，還有頂斗笠，她戴在了自己頭上，而後出了門。

小喵跟上，大聲叫她：「相爺……」

樓毓腳步一頓。

「爺，寧夫人的死，您……您不能單單怪罪于七公子，他爲了保住寧夫人，當場違抗聖命，無辜受了牢獄之災，出來時半條命都快沒了，還望您能體諒體諒他……還有這一次，他冒死放您出城，替您做了這麼多，您卻半句也沒問他……」小喵替樓淵覺得委屈，神情悲戚。

太陽光被斗笠遮住，樓毓的半張臉落在陰影中：「你回去告訴他，我們早已兩不相欠了。」

第四章　玲瓏骰子安紅豆

壹

葛中。

冬去春來，江面破冰之後，沉水江的碼頭又恢復了昔日熱鬧的景象。葛中與婆羅、黎峒兩國相鄰，靠著一條沉水運河互通往來。兩岸富庶繁華，人來人往，河邊排排垂柳倒映在江面，新綻開的桃花落在碧江之上，逐水漂流。

今日天氣不錯，樓毓從落腳的客棧走出來，準備出去逛一逛，順帶找兩個人。

她來葛中已經有幾日了，每天昏天暗地地窩在房中睡覺，也不練功了，渾身提不起勁，如被人抽筋剝皮了般，只剩下一具空殼子。合上眼，樓寧、衿塵年、樓淵輪番在腦中轉個不停。連一日三餐都停了，掌櫃還以為住進來一位神仙，白衣飄飄仙風道骨的，還不吃不喝。

掌櫃在櫃檯打著算盤時，見樓毓下樓，算珠「啪嗒」一聲脆響，心道這位姑娘長得可眞跟天仙似的。

「掌櫃的，跟您打聽件事。」

「您請問。」

「這片的學堂怎麼走？」

「這一帶有好幾個學堂，不知姑娘打聽的是哪個？」

「有藺擇秋夫子在的，你可知道？」

「知道知道！」掌櫃的連連點頭，手往門外一指，「出門左轉，沿著街走五百米左右，您會看見一間裁縫鋪子，裁縫鋪子斜對面有個巷口，再順著巷口走到底就是了，春蠶學堂……」

「春蠶學堂？準沒錯了。」

樓毓找到地兒，還未走近，遠遠聽見孩童的讀書聲：「天地玄黃，宇宙洪荒。日月盈昃，辰宿列張。寒來暑往，秋收冬藏。閏餘成歲，律呂調陽。雲騰致雨，露結爲霜……」聲音夾雜在飄著花香的和風中，一陣一陣往外頭送。

學堂大門虛掩，樓毓輕輕推開，一院奼紫嫣紅入眼來。

她走到窗戶旁，有幾個搖頭晃腦的孩子發現了她，直愣愣地看著。樓毓把食指抵在唇上，朝他們道：「噓──」

有些頑皮的孩子把腦袋藏在書卷下，偷偷笑了，前方的夫子卻渾然不覺。

直到中午散學，孩子們一窩蜂走光了，只剩下夫子一個人在收拾東西。他穿一身青藍色襦袍，身姿清瘦修長，面容秀雅。

樓毓敲了敲敞開的門：「藺先生近來可好？」

藺擇秋抬頭，訝異地望著來人，並不相識。他在腦海中細細搜尋這樣一張臉，倘若曾見過如此絕色，怎麼著也不該會毫無印象。

樓毓見他神情困惑，隨手拿過他手上的一卷書，遮住自己半張臉。

藺擇秋目不轉睛，盯了幾秒之後，指著樓毓不可置信：「相……相爺？」

樓毓大笑：「難得先生還能認出我來。」

藺擇秋雖隱居在葛中，但對從京都幕良傳來的消息還是清楚的，樓相戰死的事早已有所耳聞，只是他心中不願相信。如今親眼看見樓毓，非但沒死，還搖身一變成了個女兒家，藺擇秋一時半會兒也緩不過來。

樓毓道：「容我慢慢跟你解釋……」

樓毓第一次領兵作戰時，有兩名得力副將，一文一武，文是藺擇秋，武是屈不逢。這兩人皆是葛中人氏，機緣巧合下參了軍入了伍，經過岷山一役，與樓毓算是過命的生死之交。

岷山一役大敗葉岐，大軍班師回朝，樓毓封相，藺、屈二人卻請辭回鄉，一點功名利祿也沒有受。

樓毓坦言，把自己身分交代得清楚，並未再有所隱瞞。藺擇秋暗暗心驚，不禁道：「相爺就如此信得過我？不怕我將您告發了，押送至京都去皇帝面前討賞嗎？」

樓毓道：「古人云：乍交不可傾倒，傾倒則交不終。久與不可隱匿，隱匿則心必險。我與先生已是刎頸之交，還需隱瞞什麼。」

藺擇秋拱手：「定不負相爺信任。」

「我早就不是什麼相爺了，換個叫法，不然我聽起來彆扭。」樓毓道，「你我是朋友，你又長我一兩歲，直接叫我名字就行了。」

「對了，屈不逢呢？」樓毓又問。

提起這人，藺擇秋臉上無聲無息掛起了笑：「走，我帶你去找他。」

藺擇秋走在前面帶路。

春蠶學堂背面是一條小街，臨街有許多賣吃食的小鋪，偶有店家站在門口吆喝，禁不住誘惑的孩子樂顛顛地跑過去，眼巴巴望著還冒熱氣的鵝兒卷和桃花餅。一路走過，藺擇秋收獲了許多聲「先生好」、「先生賞臉來我家吃個飯吧」之類的問候。

「看來你在當地混得不錯。」樓毓道，「如今看來，你與屈不逢當年不要功名利祿，寧肯回鄉，眞乃明智之舉。」

藺擇秋淡笑，兩人拐了個彎，面前霍然變成一片鬧市區，眼前所見之景，跟趕集似的。許多商販挑著擔子在裡面穿梭，熱鬧非凡，處處春光明媚，歡聲笑語。

「就快到了。」藺擇秋說。

樓毓好奇：「屈不逢也在這裡擺攤兒？」曾經在戰場上一把鐵斧讓敵人聞風喪膽的屈不逢，改行成了行販嗎？

藺擇秋神秘地笑了笑，而後樓毓看見了前方一個賣豬肉的屠夫，刀起刀落，案板上的肉已經被勻稱地分好。樓毓見後大笑了起來：「果然是份適合他的差事啊……」

屈不逢年紀也不大，樓毓記得，他比自己還小兩個月。挺好的一年輕小夥兒，還生得面嫩，笑起來時有淺淺的梨窩，露兩顆虎牙，這樣的人偏生武力値高。外表和實力形成極大的反差，普天之下約莫再也找不到像他這般的屠夫。

如此卻很受葛中的嬸兒們歡迎，她們喜歡挎著籃子，在肉攤前打聽：「不逢啊，再過兩年，你也該替自己考慮考慮終身大事了，你看王嬸家的金霞姑娘怎麼樣？你要是覺得合適，別不好意思說，我去替你說媒……」

熱熱鬧鬧，嘰哩呱啦的。

屈不逢板著一張嚴肅包子臉，自動忽略掉那些聲音，也沒有不耐煩，總是含糊地「嗯」兩聲就混過去了。

樓毓和藺擇秋站在人群周邊，晒著春日暖陽，嘴角噙著笑，看著眼前的場景。樓毓不由得揶揄道：「原來不逢小兄弟人氣如此之高。」

「一貫如此。」

倘若樓毓沒有聽岔，藺先生語氣中還夾雜著那麼一點驕傲與自豪？

兩人站了片刻，攤前的人潮退去一些，屈不逢擦了把汗，終於發現他們。

他一眼看見藺擇秋，喜笑顏開地叫：「擇秋——」

瞥向藺擇秋身邊的女子時，他的笑容立即淡下來，手中還持著屠刀，眼神兇狠，頓時讓樓毓想起曾在山林中遇到的一隻小狼狗。樓毓覺得有趣，若有所思。

「不逢，過來——」藺擇秋招了招手，「介紹個人給你認識。」

屈不逢似不太情願，見午時已到，就把攤上的東西收拾好，連同沒有賣完的肉一併放入腳邊的兩個竹筐中，又擦了把手，才朝藺擇秋走去。

藺擇秋跟樓毓說：「這孩子鬧彆扭呢，今天早上怪我應約去李員外家吃了飯，留他一人在家裡。」

他不說還好，一說屈不逢便怒氣沖沖：「李員外家的飯好吃嗎？比我做的飯還好吃嗎？李員外家的女兒漂亮嗎？琴棋書畫樣樣精通有什麼用，能給你做飯、下地種莊稼嗎？」

一張嘴喋喋不休。

藺擇秋目光飽含歉意地看向樓毓：「讓你看笑話了，你別看他是上過戰場的人，其實也就是個孩子。」

「都說了我不是孩子了！你又能比我大多少！」屈不逢氣沖沖地反駁，轉而望著樓毓的目光陰鷙，滿含敵意，「你又是誰？」

樓毓看了一齣好戲，連日來積壓在心頭的陰霾散去不少，面上掛著笑：「你家先生的老相識。」

屈不逢一聽，這還得了，馬上就要原地爆炸。被藺擇秋在腦門上敲了一記，給壓下來：「好了，別鬧了，回家吃飯吧，我餓了。」

「她是誰？」屈不逢不肯善罷甘休。

「是從京都幕良來的客人，你也認識，回家我再講給你聽。」

樓毓自覺地落後了兩步，跟在兩人後頭，望著兩人鬥嘴的背影都覺得有趣。尋常人家的白牆內伸出的花枝被風吹得搖顫，粉白粉紅細碎落了一地，有一瓣馨香綴在了誰的髮間。這才叫過日子。

樓毓覺得，來葛中會老友真是個不錯的決定。

屈不逢燃著灶火，一邊把劈好的柴一股腦兒扔進去，一邊聽完了樓毓的故事。他對於冷血將軍變身成小姑娘的事接受得很快，關心的卻是另一個問題：「爲什麼選擇來葛中？」

煙囪裡冒著滾滾濃煙，藺擇秋拿來一碟芙蓉酥，先給樓毓墊墊肚子。屈不逢嘴巴一撇，臉上梨窩淺淺地陷進去，藺擇秋立馬塞了一塊點心進他嘴裡，堵住了他的話。

「不逢，不得無禮。」

樓毓也嘗了嘗，香甜可口，味道十分好，她滿足道：「葛中是富庶之地，鬧市好藏身，你們倆不也藏在這裡嗎？」

屈不逢不服氣：「我們本就是葛中人。」

「嗯，我當然知道你們是葛中人，所以才來找你們，以後就勞煩你們多多照應了。」

大米的清香自蒸籠竹篾的縫隙中噴薄而出，屈不逢手速飛快地剁著菜，藺擇秋在一旁看著，問樓毓：「你接下來有什麼打算？」

「並未有計畫，就這樣耗時間等著吧……」樓毓道，「等一個好時機，皇帝和幾大世家之間遲早要鬧起來。既然他們安排我死了，我就安安靜靜看他們鬥吧，在葛中也好躲個清靜，以後再做打算。」

藺擇秋說：「也好。」

屈不逢做了一桌豐盛的菜肴，三人坐在院中就著稀薄和煦的日光喝酒吃肉。

藺擇秋和屈不逢都是無父無母的孤兒，兩人七八歲時從人販子手中逃出，各自憑本事活了下來。藺擇秋聰明，過目不忘，自學成了才。屈不逢力大無窮，各種力氣活不在話下。兩人相依爲命，都把對方當作自己的家人。

前陣子屈不逢還在路邊撿了隻流浪狗回來，洗乾淨了才發現是隻威風的大白狗，四肢和尾巴都是烏黑的。他們給牠取了個十分不搭調的名字，叫牠「大黃」，可見十分隨意了。大黃走街串巷，循著香味回來，審視地瞅了樓毓兩眼，在桌角邊上趴下來啃骨頭啃得不亦樂乎，尾巴搖來搖去。

屈不逢自小被藺擇秋虐出來的廚藝，堪稱一絕，又是打聽了樓毓的口味特地做的，因此她吃得非常盡興。

面前擱著的小半罈酒也快見底了，樓毓乾脆抱起罈子往下灌，喝個痛快。

「我可沒見過哪個姑娘家像你這樣喝酒的，」屈不逢歎爲觀止，「雖說你把面具摘了，變成了另外一副模樣，可你這樣，倒讓我覺得你還是那個騎大馬挽大弓的將軍。」

屈不逢也喝多了，酒勁上來，包子臉再也繃不住，變成話癆，無法再故作嚴肅了。往日他喝酒是受限制的，有藺擇秋管著，說喝多了傷身。今天藺擇秋睜一隻眼閉一隻眼，他便喝得滿臉通紅。

他打了個嗝：「遠來是客，下午我帶你去逛一逛葛中的碼頭，領你見識見識。」

樓毓點頭：「行，那就麻煩你了。」

屈不逢轉頭跟藺擇秋說：「你去不去？」

藺擇秋說：「我還得去學堂。」

屈不逢瞇著醉眼：「就給孩子放半天假嘛。」

藺擇秋頭疼：「哪能說放假就放假。」

「你是夫子，你說了算。」

「這樣對他們太不負責任了，人家父母都是交了學費的……」

「怎麼不見你對我負責，你每日吃的飯都是我做的……」

樓毓憋笑，看面前的酒鬼耍賴，等屈不逢清醒了，可有他好果子吃。

大黃吃飽打了個滾，忽然把頭擱在樓毓的鞋面上不動了。樓毓抓了抓牠腦袋，牠舒服得輕哼了兩聲，閉起眼睛打盹。

下午藺擇秋還是給春蠶學堂的孩子們放了假，尋的理由是家中來了位遠房親戚，二十年難得見上一回，得好好招待。

父母們都表示能理解藺夫子，孩子們則樂瘋了，三三五成群地跑回去放風箏。

樓毓和屈不逢趴在院中睡了一覺，等藺擇秋在學堂交代完事情回來，兩人也差不多醒了。

屈不逢舀冷水洗了把臉，忍不住偷瞄藺擇秋，那眼神跟大黃偷吃了隔壁鄰居家餡餅時的眼神很像。

「酒醒了？」藺擇秋走過去問。

屈不逢誠惶誠恐：「醒了。」

「那便走吧，」藺擇秋說，「不是說要帶小毓去逛逛嗎？」

「小毓?!」屈不逢聲音高了一度：「你與她什麼時候這麼熟了？」

藺擇秋說：「一直都很熟。」

屈不逢整張臉垮下來，身邊的大黃敏感地察覺到危險的氣息，兩步躥走了，不知又趕著去哪兒撒野去了。

「你不走？」藺擇秋和樓毓發現屈不逢沒跟上。

屈不逢問：「我今天喝了那麼多酒，你不罰我？」

藺擇秋說：「今天你高興，我也高興，便不罰了。」

屈不逢聽聞笑了起來，連腳步都輕快不少，好像壓在肩頭的重擔終於卸下來。藺擇秋搖頭笑：「一會兒晴一會兒雨的，還說自己不是小孩子。」

三人往沉水江邊去，兩旁房屋高高低低鱗次櫛比。風中夾雜著水氣，帶著淡淡的腥味鑽入鼻子裡。再往前走，穿過長長的橋廊，視線豁然開朗。一望無際的沉水江上澄碧湛藍、雲蒸霞蔚，捲起的浪花往前湧，激蕩起層層白色的泡沫。

江邊碼頭上停泊著大大小小的船隻，多是商船，看上去井然有序，一點也不見亂，這倒讓樓毓出乎意料。

藺擇秋似乎看出她的驚訝，道：「因爲有人管著，才不至於亂了套。」

「有人管？」這麼寬廣的江域，南來北往的人群，能受誰的制約？樓毓猜測，「地方官府？還是葛中第一世家林家？」

「都不是，」屈不逢插嘴道：「是個叫千重門的江湖門派。」

樓毓頓時有了點興趣。

皇權與世家相互制衡的過程中，這幾年江湖上各門各派的勢力也在漸漸發展。沒想到江湖人士衆多的臨廣沒有鬧出什麼大的動靜，商戶氾濫的葛中卻已是另一番天地，不知不覺中建立了新的格局。

「千重門神秘得很，我多次想進去看一看，都沒能成功。」屈不逢道。他是小孩心性，大概看人家厲害，便想一探究竟。

藺擇秋也說：「據說千重門建在沉水江的一座島上，也不知是眞是假。這個門派建於十多年前，好似一夜之間橫空出世，當時恐怕沒人注意，官府和林家也就放任它發展。沒想到這些年它竟成爲葛中的第一大勢力，連林家也壓不住它了。」

他指了一個方向：「在這片遼闊的沉水江上，南詹與黎峒的茶路，與婆羅的絲路，全被千重門控制得死死的，那麼多的黃金白銀，便被它這樣獨佔了。」

樓毓目光投向堤岸邊的垂柳：「聽你們這樣說，還眞想去見識見識了。」

恰逢畫舫從面前經過，三人便上了船。岸上突然衝出來一團雪白，緊跟著他們跳上了船，大黃正吐著舌頭討好地望著他們。

「牠是從哪兒冒出來的？」樓毓驚訝。

屈不逢笑：「八成是從隔壁偷吃回來，看見我們不在家，就循著氣味找來了，這東西通人性，可聰明了，出去玩不帶牠，牠是會生氣的。」

似眞聽懂了這話，爲表示肯定，大黃繞著他走了兩圈，然後去蹭旁邊的藺擇秋，小孩兒耍賴似的趴在地上不肯動了，趕都趕不走。

藺擇秋道：「那便帶上牠吧，牠又不咬人。」

大黃抖了抖毛，威風凜凜地站起來，看這架勢，更像是一頭白狼。

這艘畫舫有兩層，飛簷翹角，處處雕梁畫棟，絲毫不比岸上的閣樓差。走進去熱鬧非常，如同集市，第一層大廳中央是個戲臺子，台下擺著桌椅，專供人吃酒、喝茶、聽曲兒的。往上一層更喧囂，樓毓四處看了看，發現此處與賭場無異，搖骰子和砸銀子的聲音處處可聞，入口和出口皆有人把守。

「這是哪家的產業？」樓毓問。

藺擇秋說：「千重門。像這樣的畫舫，沉水江上不止百來艘。」

樓毓感慨：「果然是富得流油啊……」

她掏出錢袋在手上掂了掂，問：「要不要來一把？」

屈不逢躍躍欲試，面上卻無比糾結：「擇秋說了，小賭怡情，大賭傷身，可大賭都是由小賭發展而來的，容易上癮，我不試。」

樓毓笑：「確實如此，那你便乖乖站在旁邊看吧。」

場上名目繁多，除了骰子，還有投壺、彈棋、射箭、象棋、鬥草、鬥雞等等。樓毓自是對射箭最有把握，但她選擇了樗蒲。規則並不複雜，雙方執棋子在棋盤上行棋，相互追逐，也可吃掉對手之棋，誰先走到盡頭便爲贏者。

前腳有個書生輸得痛哭流涕走了，樓觽後腳就頂了他的位置。

棋盤對面的人見來的是個姑娘家，不免輕敵，不含多少善意的目光在樓觽臉上打量。樓觽持杯抿了口酒，瓷杯在掌中無聲碎裂，於指縫間化成齏粉。對面的人見此情景打了寒噤。

屈不逢發出一聲嗤笑，選擇和藺擇秋站在一起圍觀這一局。

早年間樓觽在臨廣時，跟著衿塵年什麼花樣沒玩過。屈不逢起先還默默擔心她輸得傾家蕩產，漸漸發現她好像穩操勝劵。與她對弈的中年男人頭冒虛汗，也顧不上擦一擦。

不知是畫舫二樓難得出現一女子，樓觽太過引人注目，還是這次的樗蒲太過精彩，旁邊圍觀的人越來越多，不知不覺中把這一桌圍了個水泄不通。

屈不逢見藺擇秋被後面的人擠了一把，故作兇惡威懾地回頭瞪了一眼，等他再轉頭，只見樓觽一副成竹在胸的淡定神色。那雙清瘦嶙峋的手，握過長纓槍，把玩著精緻的骰子，居然也不讓人覺得突兀。

棋盤上勝負已經不難看出，只差最後一把，塵埃落定。

喧譁推搡中有人踩了大黃一腳，關鍵時刻，衆人只見憑空竄出來一隻狗把棋盤頂翻，樗木投子七零八落，登時散了一地。

樓毓皺眉。

男人沉黯的雙眼忽然煥發光彩，好似瀕死的人看到了一線生機，不用再赴死了。

屈不逢趕緊牽住大黃，訓斥道：「看你做了什麼好事！」

大黃似委屈般嗷嗚了幾聲，擁堵的人群讓牠異常暴躁。

周圍不少人直呼可惜。

樓毓望向對面的人：「再來一局？」她神情輕蔑，像是絲毫不把對方放在眼裡，輕易激起人的勝負欲和征服欲。

對方果然應戰。

「既然重新開局，不如賭點大的。」

樓毓問：「你想賭什麼？」

「姑娘把自己押上如何？」齷齪的笑聲響起，那人繼續道，「若我贏了，你就跟我回家。」

「好。」樓毓答應得十分利索，「若我贏了，我可不想領你回家，」她打量了這人的穿戴，在心中估了個價，「你便押上五千兩銀票吧。」

「好大的口氣。」

「彼此彼此。」

畫舫行至遼闊的江面，四顧茫茫，已經看不見碼頭，江上升騰起白霧，好似駛入了仙境。樓毓懶懶散散地應付著面前的賭局，屈不逢透過窗戶朝江面遠眺了一眼，忽然悄聲道：「遇上千重門的總舵了，今天可真巧。」

樓毓一聽，分神問他：「你怎知道是總舵？」

畫舫的東面，有艘大船隱在大霧後，風帆高高揚起好似一面巨大的雲牆。船身看不真切，但屈不逢能聽見陣陣風鐸空靈的響聲，如清泉撞擊山岩。

練武之人聽力比常人敏銳，樓毓凝神去捕捉那道聲音。

屈不逢說：「這是千重門總舵行船時發出的信號。沅水江上有些專劫商船的匪寇，聽到風鐸聲便知道收斂收斂，自行躲開了。」

樓毓一心二用地問他：「想不想進千重門去看看？」

屈不逢偷瞄了眼藺擇秋，還是誠懇地表達了自己的心聲：「想。」不待他反應過來，面前的棋盤再一次翻了。

這次可不怪大黃。

是樓毓悄悄指使的，她手指在桌子底下拍了大黃一記，小傢伙就又配合地往前衝了，撞翻之後，黑漆漆的眼珠無辜地望著樓毓。

大傢伙兒被掃興，樓毓對面的男人更是火了，雖說他原本也沒有多少贏的概率，但這次好歹還有扳回一局的希望，接連兩次被狗攪局，他推開椅子就站起來嚷嚷：「這是誰家的狗?!這狗把我棋盤給翻了，老子的媳婦都跑了！」

大黃衝他汪汪叫。

樓毓也站了起來：「我家的。」

「你家的？」男人越發不依不饒，「我看就是你搞的鬼吧？輸不起，就讓你家狗來搗亂！今天老子就要在船上燉狗肉了……」

藺擇秋面露不悅，淡淡吩咐：「大黃，咬他。」

這個家中，藺擇秋乃當之無愧的一家之主，屈不逢和大黃都拿他的話當聖旨。藺擇秋發話了，大黃就撒開了腿勇往直前地朝大腹便便的男人身上衝，奮力一躍，前肢抓上了他的肩膀。

現場被一隻狗攪得大亂。

男人結伴而來，身邊還有幾個牛高馬大的朋友，見狀趕緊上來幫忙。大黃識時務地躲去了藺擇秋身邊，樓毓長臂一伸攔住了來人，雙方毫不客氣地打起來。畫舫上維持秩序的壯漢趕來攔人，也被迫加入了打鬥的隊伍中。一方要捉狗，一方要護狗，一方要勸架，霎時演變成逞兇鬥狠的場面，紛紛拔出了刀。

藺擇秋被一股力推中，朝身後的椅子摔過去，連人帶椅倒在地上。腰撞到堅硬的木角，疼得「嘶」的一聲吸氣，不知還有哪裡受了傷，臉色霎時變得慘白。

屈不逢眼睜睜看著這一幕發生，來不及阻止，一瞬間紅了眼，隨手抓起一人往外一拋，畫舫的木牆就這樣被打穿，生生砸出一個人形的大洞。

樓毓見此也怒了，一雙墨黑的眸冷漠地睥睨對面眾人：「剛才是誰動的手？我朋友體弱多病，你們仗著人多勢眾居然對一個書生下手，今天這筆帳得好好算一算了！」

她一身凜冽，猶如上了修羅戰場。

「姑娘想要怎麼算？」千重門的人站出來調停，想要儘快平息此事。

樓毓冷淡道：「把人揪出來，我剁他一隻手。」

聞者紛紛蹙眉。

尋常賭坊中，錢財散盡了，還收不了手的，常被施行這種懲罰，但在千重門旗下，少有發生。未料到面前的女子生得如瑤池仙子一般，心腸卻毒辣。

樓毓輕飄飄的話音似風般傳入眾人耳中，屈不逢卻仍嫌不夠，他手中抱著昏迷過去的藺擇秋，眼眶佈滿血絲，陰鷙狠厲似變了一個人：「我要把人撕碎了扔進沉水江餵魚。」

方才聽了樓毓的話蹙眉者，現下臉上更是憤憤不已，覺得這兩人太過目中無人了。

調停的人道：「姑娘可還有其他辦法？」

樓毓挑釁一笑：「自然有，譬如我燒了你半艘畫舫，以泄我心頭之恨。」

貳

巨船在水面緩緩航行，一直響著的風鐸聲忽然被切斷，沒有任何徵兆。只因桌案前的人趴著睡熟了，刑沉溫令人停了那聲音，免得驚擾到他，又拿了一件大氅替他披上。

船內布置與岸上尋常人家的閣樓無異，左右梨花木雕窗對開，風徐徐吹來，青灰色琉璃蓮花香爐中焚著香，從江面掠過的白色水鳥一聲鳴叫，悠遠地傳開。

周諳緩緩轉醒，刑沉溫望著面前的沙漏，遺憾地說：「給你計了時，也就睡了一刻鐘。」

「你到底有多無聊？要是閒得發慌，就去馬槽餵馬。」在刑沉溫吃癟的表情中，他露出笑，復又淡了下去，「老刑，有樓毓的消息了嗎？」

刑沉溫搖頭：「她恢復了女兒家身分，在幕良現身，還刺殺了皇帝，然後又失蹤了。現在皇帝和樓家的人都在找她，只是不知道皇帝有沒有發現她是以前的樓相……按理說，她其實是臨廣人，小時候跟隨母親在臨廣生活過，應該會回臨廣才對……」

周諳說：「未必。樓寧已死，臨廣對她來說不見得是多值得留戀的地方。」

思及此，他啞然，如今於她而言，還有什麼是值得留戀的？

視線朝前方江面眺望，稀薄的霧後，有一簇跳躍的紅色火苗尤爲顯眼。

「老刑，那是千重門的船？」

刑沉溫定睛一看，拍腿：「就是我們的畫舫！怎麼會著火了？」

兩船之間相隔的距離不遠，只因有霧相隔，縹縹緲緲看不眞切。刑沉溫還未走，那邊已經有人來報，說畫舫上有人鬧事。

刑沉溫道：「已經好幾年沒人趕上來送死了，今天中午來一道剁椒人頭。」

兩個屬下把頭垂得更低了。

「不要這麼血腥，」周諳聽罷笑了笑，「你去處理，我再歇會兒。」

刑沉澀也怕他無聊，故意道：「千重門門主是你不是我，你不管管？哪怕出去看看也好，你就沒一點好奇心，不想看看是誰在鬧事？」

周諳毫不猶豫：「不想。」

畫舫上，樓毓在甲板上燒了千重門的兩面旗幟，火苗竄得旺，實際上卻沒有造成多大的破壞，她心中有分寸。但屈不逢是個沒分寸的，藺擇秋那一跌，把他的神志都快跌沒了，燒旗子怎麼夠，現在他看誰都跟仇人似的。

屈不逢還要再發瘋，懷裡的人揪了他一把。

屈不逢一疼一怔，像被螞蟻咬了一口，低下頭看懷裡的人。藺擇秋睜開一隻眼睛，說了一聲「別鬧事」之後又閉上了。

屈不逢這才反應過來，他居然是裝的！

樓毓見他後知後覺的樣子，不由得歎了口氣，可真是夠呆的。

樓毓轉過頭去又變了副神色，兇神惡煞地說：「聽聞你們千重門內有神醫，要是能把我朋友治好了，這事就算結了。」

畫舫的主事人正左右爲難，旁邊上來個做小二打扮的人同他耳語了幾句，而後主事人對樓毓俯身拱手道：「正逢我門總舵經過，千重門願請幾位小友登船一敘，到時定有神醫替姑娘的朋友診治。」

樓毓見東邊的那艘大船果然在往這個方向駛來。

衆人譁然，沒想到就這樣還眞能鬧到千重門去，心裡又難免生出些惡意，想著彪悍的姑娘和她朋友估計要遭殃，在葛中地界得罪了千重門。

漸漸地，大船離畫舫只有幾步之遙。

樓毓低聲對屈不逢道：「你不是一直想去千重門看看嗎，這就是難得的好機會。」說罷，她抱起大黃，屈不逢抱著藺擇秋縱身飛上了對面的甲板。

邢沉溫負手而立，這事原本也不由他管，千重門內各司其職，各有負責的人，但他最近燒菜時缺乏靈感，沒有燒出自己滿意的新菜式，想找點樂子，啟發啟發自己。

只見面前閃現兩道人影，一青一白，一個懷中抱著人，一個懷中抱著狗。

邢沉溫正要開口，乍一看清其中那個女子的面貌，面色一變。他是在周諳那兒見過樓毓的畫像的，驚豔佳人，看兩眼自然就記住了。他什麼也沒說，古怪一笑，轉身便走了。

屈不逢納悶地問樓毓：「他怎麼一見我們就跑？千重門的人也不見得有多厲害嘛。」

樓毓也不解。

三步併作兩步，邢沉溫跑到了周諳面前：「猜我看見誰了？」問完又問，「你知道鬧事的是誰嗎？」

周諳狹長眼尾一挑，趴著睡覺壓出一點淡淡的紅，見邢沉溫這不太尋常的反應有些訝異，卻沒開口。

「哎呀，你怎麼不問？」

「我不問難道你就不說？」

邢沉溫也不再賣關子了：「踏破鐵鞋無覓處，得來全不費工夫。」他無比激動，「而且還是送上門來的！」

周諳直往外衝，忽而腳步一滯，又退了回來。

邢沉溫說：「主上，你找人家的時候找得要命，現在人都在眼前了，你又來裝矜持？」

周諳臉上綻著笑：「她現在上了船，還能跑得了？」他細細思量，「不急，不急。」

邢沉溫說：「我他娘的都快急死了！」

樓毓一行人被請入一間寬敞的廂房，點心和茶都端了上來，他們倒像是上來做客的。人家說了，請他們少安毋躁，等回到島上，自然會安排大夫給藺擇秋療傷。

大黃吃得歡快，連啃了三個雞腿。

藺擇秋也不必裝了，從軟榻上坐起來，跟樓毓商量：「我怎麼覺得透著古怪？千重門處處是能人，我就這麼隨便一暈，方才定被人看穿了。」

「看穿了無事。」樓毓說，「我們本就是爲了千重門而來，都混進來了，別的也無所謂了，走一步看一步。若眞遇上危險，我們再想法子逃跑就是。」

藺擇秋打趣：「將軍眞是……能屈能伸啊。」

樓毓連連擺手哈哈笑：「不敵先生好演技，方才在畫舫上那一跟頭，都把不逢摔懵了。」

兩人相視而笑，眼中盡是對彼此的揶揄。屈不逢無語地瞥了他們一眼，撓著大黃的背，吃起了點心。

船靠島停泊，衆人登島。

正値春日，島上桃花灼灼盛開，一眼望去連綿一片花海。四處鳥語花香，猶入人間仙境。亭臺樓閣被掩映在萬千花樹中，有的露出一角飛簷，有的露出長長一條青灰屋脊，宛若花海之上漂浮的巨鯨。

藺擇秋自下船時就好了，再裝可就要露餡了。

可人家居然也沒覺得奇怪，甚至款語溫言地說，無妨，還是請先生先歇著，再找神醫來好好看一看，以免落下什麼病根。

這就周到得有些過分了。

摔一跤還能落下什麼病根？藺擇秋啞然，但見島上風景好，多住兩日也無妨，只是……只是學堂裡的孩子，明日還等著先生回去教書呢。

樓毓說：「你現在是千重門的貴客，不是說他們這兒能人多嘛，讓他們給找個脾氣好、有耐心、會識字的去替你幾天，你就當出來度個假了。」

樓毓把這要求一提，對方還真答應了，毫無怨言，看上去十分誠心誠意。

藺擇秋面露疑惑：「這倒真是奇了怪了，怎麼會這麼好說話，讓我心裡一點底都沒有。」回頭一看大黃，似乎半天就吃胖了，他搖頭歎氣，「要是多住幾天，到時大黃估計不會願意走了，就把牠留在千重門看家得了。」

屈不逢幸災樂禍地大笑。

三人的房間沒有安排在一處。

藺擇秋與屈不逢住的叫南笙閣，小巧精緻的院子內只有兩間主廂房，樓毓則被安排在南笙閣西面的一座院子。兩處相距不遠，不過中間隔著重重水榭亭台，要繞一段路才能去對方院裡。

周諳對這樣的安排頗爲滿意，雖未說什麼，但邢沉溫看得出這廝內心雀躍，不由得哼笑了一聲。

「雀暝呢？」周諳說，「安排他去給那位先生看一看，雖然人家本來就是裝的，但這個過場還是要走的。」

說曹操曹操到。

一個不修邊幅鶴髮童顏的老頭兒走進來，腰間別著一個酒葫蘆，走路好似醉癲癲的：「門主和老邢都在呀……」

「雀老，得麻煩你一件事。」周諳道。

「我知道我知道，我都聽說了。」雀暝笑笑，在周諳下方的蒲團上不穩地坐下，一把年紀了還八卦地打聽，「門主，我聽說三人中的那個姑娘是你的心上人呀……」

周諳用茶蓋撇了撇杯中的茶葉：「你想問什麼？」

雀瞑眼中發光：「邢妄生花毒的解藥也就是出自那位姑娘之手囉？」

周諳打擊他：「解藥是她給我的沒錯，但你我都知道，卻是熾焰谷已逝的那位藥王煉出來的，你找她做什麼？」

「這位姑娘能把解藥搞到手，想必和熾焰谷淵源匪淺，我得去向她打聽打聽熾焰谷的事。」雀瞑是藥痴，對於自己落後於藥王的事一度耿耿於懷，十分想打探打探敵情。

「人都死了，你能不能別那麼較真了……」邢沉溫話還沒有說完，雀瞑已經不見了人影。

周諳抿了口茶，悠悠道：「讓人攔住他，叫他先去南笙閣。他現在貿貿然跑去找樓毓，恐怕又會生出事端。」

邢沉溫領命下去，心道你不就是怕雀瞑嘴上沒個把門的一下把你給供出來了唄。

此處風景好，翌日樓毓悠然自得地逛了半天，跟春遊似的，她差點忘記自己來千重門到底是幹什麼的了。

「一探究竟」，腦海中閃過屈不逢說的這四個字，樓毓才想起來她也是有任務在身的。

千重門牽制著葛中一帶，她若能把這裡探個究竟，定能方便日後行動。或是能與千重門的人結交，也不錯。

逛久了，樓毓也逐漸發現了其中端倪。這島上清靜，也無人看守，偶爾才能遇上幾個丫鬟走過，看似毫無防範，實則另有玄機。庭院佈局仿五行八卦而建，分明就在眼前的院落，卻如隔了萬重山，怎麼也走不過去，繞來繞去，又回到了原地。還有些去處迷霧重重，上空充滿瘴氣，院內種滿奇花異草，凝著剔透露珠的花瓣上有劇毒。

樓毓尋回住處時差點迷路，一到房間便把走過的地方憑著記憶畫下，標示出來。發現僅十二處地點，差點把她困得團團轉。

偌大的千重門，如同一座迷宮。

屈不逢和藺擇秋也不知怎麼樣了，唯獨大黃來了兩次，叼著樓毓給的鮮蝦餅在院子裡轉兩圈又走了。看牠這麼清閒自在，樓毓估計牠那兩位主子應該也沒出什麼大事。

樓毓索性問人要了根釣魚竿去池塘邊釣魚。

申時的太陽當空掛著，亭台的琉璃瓦上流轉著一段一段的金光。水面倒映著岸上的一草一木，午後的風吹皺一池清水，樓毓支著下巴，估摸著裡面會不會有魚。

她把板凳放置在池邊一片巨大的嫩綠芭蕉葉下，也懶得再去土裡挖蚯蚓，只準備了些米飯和麵團作餌。

魚線就這樣被拋了出去。

半晌不見有動靜，樓毓無聊地折了根樹枝，在地上草草畫了幾筆，擱在膝上的魚竿終於動了一下，她還未來得及提竿，從身後嗖地飛出一顆小石子砸入水中，漾開一圈又一圈的漣漪，魚也早被驚跑了。

樓毓回頭，什麼人也沒有。

鉤上的小麵團已經被魚咬走了，樓毓再一次弄好魚餌拋竿入水中。這一次她專心靜候時機，也沒有分神去幹別的了。

一隻瓢蟲從頭頂的芭蕉葉上掉下來，順著她的腳踝開始往上爬。樓毓用手指彈開蟲子，膝上魚竿一動，小石子又從天而降。

蟲子飛了，魚跑了，樓毓又慢了一步。

她回頭往後看，風從桃花樹間穿過，什麼人也沒有。

第三次拋竿，樓毓聚精會神等待大魚上鉤，目不斜視地盯著平靜的水面。魚竿有動靜時，她沒有急著提竿，第一反應是回頭看。

「嗖！」

小石子從嶙峋的假山後飛出，假山後藏著個翩翩的白袍公子。

白袍公子露出了腦袋，還沒縮回去，被芭蕉葉下冷面人的目光鎖定。

冷面人說：「周諳，你多大的人了，有意思嗎？」

周諳從假山後走出來，望著樓毓痴痴地笑，目光灼人，跟看不夠似的。他站在搖曳的一樹桃花下，眼角眉梢都藏著歡喜，嘴上卻說：「去年冬天你在琅河村不告而別，你都棄我而去了，我嚇跑你幾條魚算什麼……」

去年冬天琅河村一別，樓毓以爲她與周諳恐怕此生無緣得見，卻未想到有一天竟會與他在葛中重逢。

淡淡的喜悅湧上心頭，她看他面目上的沉鬱之色消散，想來妄生花毒解了之後，他的身體已經慢慢康復。見他如此，她居然也替他開心。

太多的疑問和困惑繚繞在心頭，有太多話要問，又好像什麼也說不出口，樓毓一時靜默無聲，立在樹蔭中，廣袖被風吹蕩猶如映著水中的波紋。

周諳見此，朝她走近，俊美無儔的面容上蓄滿了春陽般的笑，雙臂張開：「娘子，久別重逢，咱們難道不該來一個熱情似火的擁抱嗎？」

樓毓鬼使神差地沒有將他推開。

日頭晒得人發疲的午後，熏風吹拂在耳邊，讓人渾身都懶洋洋的，她聞到熟悉的淡而安寧的藥香味。

這人將她抱得很舒服，讓她想起幼時一次生病時，樓寧給她的懷抱。樓寧從不主動抱她，常將她視若草芥，卑賤如泥，好似她是樓寧從路邊撿起的一片粗糲灰瓦，可碾碎，可拋棄。那一夜樓毓幾近病入膏肓，深濃的暮色中，月光邈遠，她艱難地睜開眼睛，卻發現樓寧抱她在懷中。

無論時光流逝多少年，樓毓永遠也忘不了樓寧那時的模樣，她在那個懷抱中第一次懂得了被人珍惜的感覺，明白自己來到世上並非沒有人愛她。只因有的愛複雜而沉重，但是終會在歲月中昭然若揭。

「你還想要抱多久？」樓毓問。

周諳不情不願地鬆開她：「阿毓，你真的很掃興啊……」

樓毓不理會他語氣中的控訴：「你怎麼會在千重門？」

「誰叫你在千重門！你走了之後我一直在找你呀，既然你來了千重門，我當然也要留在這裡咯。」

樓毓蹙眉：「說實話。」

周諳立即改口：「我是千重門門主。」

「這就是你的身分？」

周諳斟酌了會兒，望著樓毓的眼睛說：「應該說是我的身分之一。」他這樣坦誠，都讓樓毓挑不出刺來了。

他精緻面頰上浮出一抹淡紅，故作曖昧狀：「你若是感興趣，不妨今夜來我房中，我細細說與你聽。」

回應他的是樓毓拍過來的巴掌。

-參-

京都暮良。

巍峨的宮殿森然矗立在暮色中，朝兩邊敞開的朱紅色宮門好像猛獸張開的血盆大口，要將面前的一切吞之入腹。

樓府的家宴上，樓淵被一道聖旨召喚進宮商議要事。

自去年秋冬開始，朝中動盪。因寧夫人一事受到牽連被降級的幾位樓姓官員遲遲沒有被官復原職，那場風波已然過去，被攪亂的局勢似乎恢復了平靜。可朝堂之上波詭雲譎，臣子們噤若寒蟬，在不斷觀望中。春日雖然到來，皇帝與世家之間潛藏的暗湧遲早會掀起一場狂風大浪，席捲整個南詹國。

宮燈明明滅滅，樹影搖曳，風抽動枝條呼嘯作響，分明是春天了，這個深沉的夜卻營造出了寒冬的氛圍。

皇帝身邊的大太監見樓淵來了，俯身見禮：「大人快進去吧，皇上在等您。」

樓淵踏入金碧輝煌的殿中：「參見皇上。」

孝熙帝深深地凝望面前的青年，自華貴的明黃色龍袍中伸出手，九五之尊亦有無力訴說的時候。

「平身吧。」

樓淵只覺古怪，上次他私自放走樓毓，按理說他應該會被重罰，卻風平浪靜，似什麼也不曾發生。他抬起頭來，發現皇帝身邊還站著個年邁的婦人，白髮蒼蒼，眼神有些混濁，正怔怔地望著他。

「樓愛卿可知，上次刺客行兇之事，朕爲何會輕易饒過你嗎？」孝熙帝問出了樓淵心中的疑問。

「微臣不知。」

「你貼身佩戴的玉環可在？」

樓淵不解爲何皇帝會清楚他的貼身物件，卻還是從脖子上取下紅繩，上面墜著的玉環在滿室的燭光中散發出瑩潤的光澤，其上雕刻的蟠螭紋栩栩如生。

老婦人上前一步，對樓淵說：「大人可否將這枚玉環交由老身看一看？」

樓淵遲疑地遞給她。

老婦人拿著玉環細細觀察許久，對皇帝說：「的確是當年淑妃之物。」

「我的貼身佩戴之物，怎麼會是淑妃的？」樓淵喃喃地問出口，他滿腹疑惑地望著婦人，妄想從她混濁的眼神中看出一絲答案。

「你是朕與淑妃之子。」孝熙帝一語道破了真相。

樓淵下意識地反駁他：「這不可能。」

曾經淑妃早產，太醫斷言她腹中是個死胎。嬰孩生下來時，沒有啼哭，沒有脈搏，守在殿中的產婆被牽連受罰，被貶出宮。

孝熙帝自上次見到樓淵的玉環之後，命人在民間四處尋找產婆，順著一丁點蛛絲馬跡把人找回來，只爲還原當年事情的眞相。

太醫、產婆、宮中的老嬤嬤、當年值班的侍衛，都被淑妃收買過，她早產生下的是健康的嬰兒，卻瞞天過海，把孝熙帝也騙過去了。

「那……爲何我會出現在樓府，變成樓家的第七個兒子？」樓淵露出困頓的神色，眼中透露出一絲迷茫。

老婦人道：「你可知你在樓府的母親曾是淑妃娘娘的陪嫁丫鬟，淑妃仁慈，見她到了婚配年紀，便准她出宮嫁個好人家。丫鬟相貌清麗，生得好，被現在的樓家家主在茶樓喝茶時看中了，一頂花轎便把人抬進了樓府……她們主僕二人情深義重，淑妃娘娘信得過她，便把你託付給了她照顧……」

樓淵回想自己在樓府如履薄冰般度過的二十來年，嘴角浮出一抹譏誚。

「她爲什麼這麼做？」

「孩子，你要理解一個母親的苦心。淑妃娘娘身患頑疾，她知道自己恐怕等不到你長大了，這宮中暗湧潮生，你一個沒有母妃能依仗的皇子，如何能活得下去？她唯一能夠做的，就是不顧一切把你送出宮去啊……」

樓淵漠然聽聞這一切，心中沒有答案，接下來該如何，認親？在這個世家和皇權鬧僵的節骨眼上，皇帝費盡心思把陳年往事揭出來，是想要做什麼？

空濛的遠山之上遙遙升起一彎殘月，他感覺風從四面八方灌進來，這個時刻，他沒有想念那個從別人敘述的口吻中聽起來很愛他的淑妃娘娘，沒有想眼前的九五之尊興許就是他的生父，沒有想他尊貴的身分，卻十分想念那個戴著半邊面具形容懶散常常不修邊幅的女子。她還未被封相，他們曾在樓府一起生活時，她總是護著他，比護犢子還厲害，倘若有人欺負他，她就會對那人露出鋒利的爪子。

她貼身攜帶的那柄匕首非常厲害，削鐵如泥，也曾把梨木雕刻成一朵花送給他。

「阿七，好看嗎？給你了。」

她認為好的，覺得漂亮的，都想一股腦兒地塞給他，不管不顧的。

思緒飛遠了，許久許久都拉不回來。在一室的肅穆和寂靜中，樓淵放任自己去想她，孝熙帝卻以為他陷入了沉思和艱難的抉擇之中，在認認真真地為今後做打算。

風猛然吹熄了窗臺前的一盞燈火，樓淵抬起頭來，目光沉靜毫無波瀾，彷彿之前的談話從未發生過。他問孝熙帝：「皇上希望我怎麼做？」平淡的聲線中，無一絲希冀，也無一絲野心。

瑩潤的玉環回到他手上，獨眼的螭盤旋其上，半合眼眸。

皇宮與樓家，有什麼區別？

於他而言，不過是多了一條路。

葛中，千重門。

桌案上的帳本厚厚摞起，周譖查帳查到一半，邢沉溫咬著塊餡餅進來彙報：「雀暝那老傢伙去找毓姑娘了，你猜怎麼著了，居然沒有被趕出來！」

雀暝一直想找樓毓打聽妄生花解藥的事，周譖怕勾起她不好的回憶，三番五次派人阻攔，卻擋不住雀暝這塊狗皮膏藥一直黏著，今天終於讓他逮著機會。

邢沉溫躲在院門外偷聽兩人說話，居然發現雀暝和樓毓相處得還不錯。

雀暝笑咪咪地打探：「小毓姑娘，你去過熾焰谷嗎？」

樓毓說：「沒去過，但是聽我娘提過幾次。」

「那你聽沒聽說過藥王？」

「當然。」

「那你覺得，我和藥王誰更厲害？」
「不知道，我跟你們都不熟，沒法比較。」
「哎呀，不要這麼較真嘛，就說說你覺得誰會比較厲害。」
「你。」
雀瞑鬍子一吹，瞪大眼，又震驚又歡喜：「你說什麼？再說一遍我聽聽！」
樓毓說：「藥王死了，天大的本事都無用，你還活著，還有無限可能，光憑這一點，你就比他厲害。」
雀瞑一蹦躍到了桃花樹上，仰天大笑，被一番話說得全身舒暢，心中也豁然開朗：「哎呀哎呀，難怪門主會喜歡你，你這小姑娘真是討人喜歡，老頭子我要是再年輕個五六十歲，我也來追你了……」
邢沉溫把兩人的對話一一複述給周諳，聽到這裡，周諳拂開帳本說：「我一個門主，哪能這麼累，老邢，剩下的活兒歸你了。」
他說完就走了，不帶任何停頓，留下猝不及防的邢沉溫。
邢沉溫鬱悶：「我一個廚子，整天啥事都得忙活，我還累呢。」

周諳趕過去時，樓毓院子裡的石凳上已經坐滿了人，除了雀暝，藺擇秋和屈不逢也在，大黃站在大水缸前，盯著裡面的紅錦鯉看了許久。

一院子的歡聲笑語。

周諳站在外面，面前兩扇木門虛掩，留下一條兩指寬的縫隙。從他站的這個角度望過去，能夠看到的人正好是樓毓。

她看上去比周諳想像中的過得要好。

今天終於穿了件顏色豔點兒的衣裙，海棠紅的上襦搭配雪青的下裙，長髮用一根碧玉簪子綰起，人顯得很精神。她正在認眞地聽藺擇秋和屈不逢說什麼，臉上的神情恬靜，日光漫過廣袖上的白茶花刺繡，光暈輕輕籠著她。

見過上戰場殺敵的樓毓，見過坐在春陽下喝茶的樓毓，周諳不明白，樓淵爲什麼會捨得放棄這樣一個人。

周諳推開院門進去，雀暝立即拆他的台：「在外面站了半天，捨得進來了？」

樓毓朝周諳看過去，並不意外。她也是習武之人，恐怕早就發現了他。這裡坐著的，大約也只有一介書生藺擇秋自始至終不知道門外有個偷窺者。

周諳是主，藺、屈二人是客，前幾天因爲鬧事被請上島來，這還是第一次跟主人家見面。藺擇秋從容地對周諳笑：「這幾日在島上，多謝門主熱情款待。」

周諳回禮：「不用客氣，你們是阿毓的朋友，當然也是我的朋友，我還得多謝你們把她帶到島上來，不然我和她不知何時才能夠重逢。」

藺擇秋從中聽出了點貓膩：「你和小毓……」

還是雀暝耿直：「小毓姑娘就是我們門主夫人啊！」

藺擇秋大吃一驚，連一直沒說話的屈不逢也終於指著樓毓說：「原來你早就成親了！」

樓毓微微挑眉，卻也沒有否認，她與周諳的確拜過天地，是事實，這時與他爭辯也無意義。

雀暝道：「我們門主夫人可真厲害，頭一回來葛中就差點燒了千重門的畫舫。」

屈不逢恍然大悟地跟藺擇秋說：「難怪我們在島上這幾天有吃有喝，還沒人找我們麻煩。」

藺擇秋點頭，揶揄地看向樓毓：「嗯，我們沾了小毓的光，得謝謝她。」

周諳還來插一嘴：「我的便是她的，她若還想燒，我給她遞火把。」

雀暝感慨萬千：「都說紅顏禍水，紅顏禍水，果然沒錯……」

「諸位，」樓毓開了口，「我要小睡一會兒，你們都請回吧。」

這是嫌棄他們聒噪，終於下逐客令了，大黃似起哄地汪汪兩聲。

院子裡終於安靜下來，樓毓回了屋，四下寂靜，清淺的日光淡淡如流水般漫進來。她其實毫無睡意，就是忽然想一個人靜一靜。等到萬籟俱寂，只剩風吹桃花的那丁點兒響動，她又覺得心裡發慌，無所適從。

門外響起腳步聲，是周譜去而復返。

他推開門，樓毓有些詫異：「怎麼又回來了？」

周譜說：「想看看你。」

「剛才不是見著了？」

「剛才人多，坐得又遠，沒看仔細。」

樓毓目光坦蕩，周譜又說：「還以爲你會把雀暝趕出去，他老纏著你問妄生花解藥的事，你不煩他嗎？」

樓毓沉吟片刻，搖了搖頭：「他這樣子，有點像我師父。我師父叫衿塵年，我也是不久之前才知道，師父其實就是樓寧，是我的生母。」

只說到這裡，樓毓就頓住了，不再繼續。周譜見她依舊雲淡風輕，沒有多難過的樣子，其實她心裡已經天翻地覆。

樓毓抿了抿脣，岔開了話題：「我和不逢好奇千重門是怎麼回事，貿然就跑到島上來了，住了這幾天，該回去了。」

「不是好奇嗎，那就好好逛一逛，別急著回去，想知道的事情直接問我也可以。」

樓毓視線在他身上打量，像是頭一次認識他，想起他說的千重門門主是他的身分之一，那便意味著還有之二、之三，那些又會是什麼？周諳這人，始終像一個猜不透看不穿的謎。

周諳彷彿在等她開口問，似乎只要她問，他便全部如實相告。沒有隱瞞，也不會有欺騙。

但樓毓只是垂眸靜靜望著手中的酒杯杯沿，她並不打算問下去，問下去就意味著和周諳的牽扯越來越深。

在她猶豫躊躇時，周諳卻將那些話傾倒而出：「我還有個名字，叫歸橫，太子歸橫。」

當朝的天才太子，樓毓聽說過無數次的人，幼時便精通機關偃術，十二歲身患癔症，變成個瘋人，最終自焚於東宮。樓毓無法把傳說中的那個天才太子和眼前的周諳聯繫到一起。

「自焚是障眼法，所有人都以爲我死了，我離開幕良來到了葛中，以周諳的身分重新開始生活……」

驚天的秘密在這個春日的午後被道出，院外飛花，屋內兩人對峙。樓毓打斷他：「別說了……」她微低著頭，不太敢去看周諳的眼睛，「別說了，我覺得現在別人說什麼都像在騙我，我看什麼都覺得是陰謀，你告訴我這些又有什麼用呢？」

一顆眞心捧上前去，人家卻不想要，周諳想，大抵就是現在這樣的情形。

狹長的鳳眸瞇了瞇，瀲灩的天光映在墨色的瞳孔中透出幾分旖旎，他的音色有些啞：「嗯，被騙怕了，是這樣的。」他又追問一句，「我也不例外嗎？」他從未想過要騙她。

「你也不例外。」

肆

藺擇秋到底還是惦記著春蠶學堂裡的孩子，沒住幾日便要下島，從千重門離開了。這次過來，沒探聽到什麼機密，也沒弄明白千重門究竟掌管著多少生意，日日在島上吃喝玩樂，再過下去就樂不思蜀了。短短幾天，大黃比上島之前胖了不止一大圈。

自從知道樓毓就是周諳夫人之後，屈不逢好像看樓毓順眼多了，見她和藺擇秋窩在一處說話，也沒有那麼介意了，不再像以前哼哼唧唧地過來搗亂。

樓毓同他們一道回去時，屈不逢問：「你怎麼不留在島上？」

樓毓說：「我爲何要留在島上？」

「你都嫁給千重門門主了，不得嫁雞隨雞嫁狗隨狗嗎？」

樓毓冷笑了一聲：「你去問問他，當初是誰娶誰嫁。」

屈不逢沒聽明白，但是爲了避免他再問下去樓毓打他，他還是聰明地閉上了嘴巴。雖然他從小打到大打架從來沒有輸過，但是他在樓毓手下當過兵，見識過樓毓上戰場殺敵的場面。

屈不逢承認，樓毓是個難得的對手。

她一點都不像個女人。

也眞是難爲千重門那位一表人才風度翩翩的門主了，居然娶了這樣一個人，這一輩子不知道會不會很難過，很後悔。

藺擇秋在屈不逢腦袋上敲了一下：「想什麼呢你？」

屈不逢摸了摸腦門，蹭了過去，雙手纏住了他的胳膊，嘀咕道：「擇秋啊，還是你最好……」

樓毓心想，這可真是個傻子，被打了，還樂呵呵的。

登岸後的第一天，樓毓不顧藺擇秋的挽留，獨自回了之前落腳的客棧。回客棧的途中她遇到幾個人，他們坐在路邊的茶棚裡說話，聽口音，像是從京都幕良來的，看那一身打扮，倒像是富家子弟結伴來遊山玩水的。樓毓不做任何停留，勻步路過，回客棧收拾了東西之後不動聲色地從後門走了。

方才那幾人，看似平常，卻因一雙靴子露出了馬腳。白底鱗紋皂靴，是樓府家兵的標誌。

屈不逢淘著米，見樓毓去而復返，不解地問：「你有什麼東西忘了拿？」

「擇秋呢？」樓毓反問。

「剛一回來，學堂有個孩子就跑來了，說家裡不讓他上學了，哭著來找先生想辦法，他去人家家裡了。」

樓毓點了下頭：「等他回來你告訴他一聲，就說我最近有事，出去避一避了。」

屈不逢這次反應奇快：「出什麼事了？來抓你的人來了？皇帝老兒是不是見你沒死就

真想弄死你？」

樓毓勾了勾脣，笑容很淡。

「那你趕緊跑吧，你可是千重門的門主夫人，半個葛中都是你的了，你還怕什麼。」

樓毓過去捶了他一記，猝不及防，砸得屈不逢肩上一震：「我何時說過我怕了？」說完人就沒了影。

屈不逢繼續把米洗乾淨了，望著樓毓消失的方向，心裡還是忍不住擔憂起來。

暮色四合時分，還不見藺擇秋回來。

炊煙裊裊，晚飯已經做好了，出去玩耍的大黃聞著香味都回來了。屈不逢把菜燜在蒸籠裡，又站在房頂上等了會兒，四野茫茫，沒個人影。

他提了個燈籠，出去接藺擇秋回來。

下午在院子裡哭了半天的那個孩子，好像是叫喜兒，家住……家住虎王嶺那一片兒，屈不逢不太確定地回想。

虎王嶺那一片算是葛中最窮的地帶了，他一邊想著，一邊往郊外去。

茶樓酒館和萬家燈火漸漸都被拋在了腦後，春夜裡涼，風刮在身上不再像白天那樣是暖的。屈不逢右手提著燈籠，左手上還搭著件青灰的袍子，那是給藺擇秋準備的。

腳下的路也逐漸變窄了，不知何時換成了田間的小道。

對面遙遙出現一點星火。

屈不逢加快了步子，不太確定地喊：「擇秋，擇秋……」

那個黑影應了他一聲，屈不逢忽地放下心來。

「怎麼這麼晚啊？」走近了，屈不逢一隻手給他把袍子披上，一隻手牽著他。路窄，堪堪容下兩個人並肩同行。

「跟喜兒的父母說了許久，耽擱了點時間，轉眼天就黑了。」

屈不逢掌心跟火爐似的握著他，沒一會兒把冰涼的指尖都焐熱了。兩人慢慢往前走，燈籠照著前方的路。

「最後談妥了？」屈不逢問。

藺擇秋笑著點點頭：「總算談妥了……喜兒底下還有兩個弟弟一個妹妹要照顧，小的才幾個月大，家裡照顧不過來，想要留喜兒看顧家裡。我同他父母說，喜兒以後是考狀元的料，平常刻苦用功，人又十分聰穎，可不能耽誤他的好前程……又說這虎王嶺一帶八百年都沒出過一個狀元，如今輪到你家了，怎麼不知好好珍惜……」

「說得口乾舌燥，」藺擇秋眼中有一絲無奈，「雖說有些騙人的成分在裡頭，但好歹喜兒能夠繼續上學了。」

屈不逢說：「興許喜兒長大以後眞是個狀元呢。」

「那就要看他自己的造化了。」

兩人有一句沒一句地說著，悠閒地往家走，簷下亮著燭火，灶上溫著飯菜，這樣想一想好像夜色也溫柔起來。

不遠處的草垛上，樓毓望著他們漸行漸遠的背影出神。

她也是見藺擇秋遲遲沒有回家，擔心他遇上樓家的人找麻煩，出來尋他的。下午她和屈不逢告別之後，其實並未走遠。

如今見兩人安然無恙，她也終於放了心。

她不知靜默地站了多久，夜深露重，等藺擇秋和屈不逢走遠了，也沒有動作，好似一個僵硬地立在田間的稻草人。

天地浩大，她滿身疲憊，不知該去向何方。

良久之後轉身，卻發現不遠處的田壟上，有個人也在等她。周諳從暗處走出來，歎了口氣上前：「原本想看看你何時才會發現我，沒想到等了這麼久……」

「你怎麼來了？」樓毓問。

周諳無奈：「怎麼老問我這個問題……」他歎了口氣，上揚的鳳眸隱在黑夜中，心中的憐惜卻滿溢出來，「我老覺得你需要我，我便來了。阿毓，你說我自作多情也好，我就是來了，你別老趕我走，行不行？」

他把手中的氅衣披上樓毓的肩膀，樓毓遲遲沒有回應，胸膛裡的一腔熱血也慢慢冷卻下來，手終於快要收回去的時候，卻被樓毓握住。

她說：「我不趕你走，這次我跟你走。」

樓毓跟周諳回了千重門，在這裡，她不用擔心樓家的人或是皇帝的人馬找到她。無論如何，她不想再回幕良去了。

在千重門，她變成了所有人口中的夫人。

她不辯解，周諳常常站在一旁，近乎縱容地笑著。

漸漸地，兩人竟變成了旁人口中的神仙眷侶。

周諳如他自己所說，全心全意信任她，處理事務不曾回避，帳簿和各方拜帖從不刻意收起，甚至有時還跟樓毓提起。

樓毓有時想，她為尋一處港灣，躲過幕良的大風大浪，利用這個人，是否過於自私。

偶有一天，兩人在一盞燭火下對弈，她望著對面周諳的眉目，滿懷愧疚，垂在膝上的左手卻觸摸到藏於身上的兵符。

一塊冰冷的玄鐵，鐫刻出雙龍的紋路，牽連多少條人命。

太子歸橫，如今的周諳，已經富可敵國，僅僅差這一樣東西了。

樓淵放她走後，是否也覺得可惜，沒有從她身上得到這最後一樣有價值的東西。

她此時大概懂得，當初樓寧三十藤鞭，抽得她滿地打滾，抽得她不得不從軍，不得不攬大權，實為用心良苦。

這一枚兵符，成為她在亂世中的保命符。

夏日來臨，晚間蛙聲陣陣，還有聒噪蟬鳴。

這幾天事務多，周諳連熬了兩天，房中燈火徹夜未歇，南北兩窗又沒有及時關上，呼呼吹了涼風，第五日便感染了風寒。倒也沒有大礙，雀暝給抓了幾服藥，讓人按時煎了往書房中送。

周諳自己並未放在心上，以前泡在藥罐子裡的那段時光差點忘得一乾二淨，苦味還在心頭。他端起藥碗，將濃稠刺鼻的藥汁灌下，神色淡淡。

邢沉溫和幾個親信坐在下方：「主上，您要等到何時？暗地裡招兵買馬籌謀多年，不及毓姑娘手中的一枚兵符，兵符一出，京都五十萬大軍候命……」

周諳搖頭。

連邢沉溫也一時耐不住性子：「您若是開口問……」

「我不想變成第二個樓淵。」周諳突然道。

他因鼻子堵著，說話時有嗡嗡的鼻音，另外幾人沒反應過來，唯獨邢沉溫心裡清明，對他們說：「今天就這樣，散了吧。」

很快屋裡只剩下他們兩人。

「你覺得如今的樓淵如何？」周諳問。

邢沉溫思索良久，想到如今京都緊張的局勢，樓家被皇帝擺了數次，自己的損失也不小，樓淵的處境多半不太好，卻說：「位極人臣，權勢在手，又有如花美眷的一段姻緣，想來過得不錯。」

周諳面目含笑：「我卻不想變成第二個他。」

邢沉溫一愣。

「倘若他眞的過得不錯，何至於寤寐思服，輾轉反側，平白活了二十多年，連想要的人都抓不住。」他依舊滿面春風，似在說一樁樂事，只是笑意不達眼底，「我不會步他的後塵。」

「兵符的事，以後再從長計議。」

縱然邢沉溫還有千言萬語，也全部咽了回去。

樓毓被安排在周譜的院子裡，兩人的房間僅有一牆之隔。她打開房門，見隔壁漆黑，想來周譜還沒有回。

穿過雕景華柱式的迴廊，園子東側有一間箭館。

箭館宛如建在水中，四面環水，有潺潺的流水聲響在夜色中。樓毓把館內的壁燈一盞盞點燃，整個室內頓時亮堂起來。

許久沒有拿弓的手有些生疏，瞄準了前方紅色的靶心，神思卻飄到別處。

一連三箭，都脫靶了。

有個丫鬟端著小半碗熱騰騰綠瑩瑩的碧粳粥過來，站在門口觀望，說：「奴婢見夫人晚膳沒用多少，特地熬了碗粥過來給夫人嘗嘗。這種粳米粒細長，微帶綠色，炊時有香，尤其受門主喜愛。」

樓毓攪動著碗裡的粥，見丫鬟候在一旁跟她介紹，聽到這裡時不由得抬了一下頭。丫鬟見她望著自己，臉霎時變得通紅。

柳葉眉，杏仁眼，緋紅的菱脣，面若桃花。

樓毓想，的確生得俊俏。

「你們門主愛吃這個？」

「夫人不知道嗎？」

樓毓反問：「我爲什麼要知道？」

「他是你夫君，他愛吃什麼，有何喜好，你不都應該瞭若指掌嗎？」

「我不知道。」樓毓說。

丫鬟目露疑色，看樓毓的眼神有著明顯的不贊同，似乎想要反駁她，卻又不知該怎麼說才好。

「你叫什麼名字？」

丫鬟不明所以，訥訥地說：「回夫人，奴婢叫夙瑩。」

「跟在門主身邊多久了？」

「三年。」

「三年，」樓毓琢磨著，「三年也確實夠久了。」

夙瑩聽後也有些得意，千重門這麼多丫鬟裡頭，她算得上是資質最老的一位了，平素對周諳吃穿喜好也摸得一清二楚。

「你喜歡他？」樓毓突然一問，攪亂了夙瑩的心神。

「奴婢不敢。」夙瑩嘴上這麼說著，心裡卻是不服氣的。

「喜歡便是喜歡，有什麼不敢的，況且，我看你也沒有不敢。」

樓毓看著她，嘴邊噙著一點淡漠又倨傲的笑，似是根本不把夙瑩放在眼裡，又似是見自己的東西受到別人覬覦時的那種藐視。曾經的那個樓相，彷彿在這一瞬間又回來了。

話音飄落，夙瑩嚇得扔了手中的提盒，跪下請罪：「夫人誤會了，奴婢對門主絕對沒有非分之想……」

「怎麼這麼熱鬧？」周諳一路循著光找來，就看見了眼前的場景，夙瑩跪在地上瑟瑟發抖，樓毓一臉冰霜。

目光落到樓毓手中的粥碗上，他笑問她：「是不是這丫鬟煮的粥不合你的胃口？」他自然地攬過樓毓的肩，偏頭同她說話，「夙瑩手藝不錯，我見你晚上沒吃多少東西，才讓她晚上做些小食送到你房間……」

夙瑩聽他前面說的幾句，難免有些驕傲，面上還未露出喜色，又聽周諳對樓毓說：

「倘若你不喜歡，我就……」

「你就怎麼？」樓毓挑眉。

「我就只能自己下廚給夫人開小灶了……」悠長一聲歎息，無可奈何又甘之如飴的心酸甜蜜，不知落到了誰心上。

夙瑩如遭重重一擊，如置身冰天雪地之中，冷得失了神志，頓時什麼話也忘記說了，匆忙收拾了東西走了。

樓毓見她似乎落荒而逃，心中也不知是何滋味，臉忽然被捧住，周諳把她的視線奪回到自己身上。

「還看誰呢？有爲夫好看嗎？」

樓毓似笑非笑，也未掙脫開：「千重門中的丫鬟個個如花似玉，我多看兩眼怎麼了？

門主眞是好福氣。」

「我自然是好福氣，你也不看看我娶了誰。」周諳從善如流地接了話茬，眉目含笑，「阿毓，你是不是吃醋了？」

「沒有。」樓毓矢口否認。

「有，你因爲我吃醋了。」

「呸！」樓毓孩子氣地橫了他一眼。

周諳哈哈大笑，頓覺無比開懷，毫無徵兆地把人擁入懷中，聲音如魚尾搖曳在水面漾開的水紋那般輕柔：「我很開心，阿毓，我很開心，你終於表現得有點在乎我了……」

耳畔低低的聲音好卻好像要一直傳到人心裡去。

「都說不是了……」樓毓打死不承認，最後卻消了音。

臉頰被周諳溫熱的手掌摩挲著，漸漸變得滾燙起來。她逃避似的偏過頭，卻看見窗外的盛景。

池塘中，荷花開得正好，晚風徐來，水波不興。

第五章　滿船清夢壓星河

壹

南詹皇宮中的景象，周諳已經許久不曾見過。

迷宮一般的園中園、殿中殿，各式的亭臺樓閣，屹立百年而不倒。王朝的榮辱興衰都被載進了史冊裡，只有沐浴在日光下的琉璃黃瓦每隔幾年就翻新一次，永遠熠熠生輝。

在周諳走路尚且不穩，還不及一把椅子高時，他就被立爲太子。

他的生母懿貞皇后是位德高望重的女子，滿腹經綸，學富五車，年紀輕輕就到了能設壇講學的地步。南詹民風開放，她戴著帷帽坐在臺上侃侃而談，林間的月光與雪都淪爲了她的陪襯。

懿貞容貌清秀，在後宮中算不上出衆，因才識出衆才坐穩了皇后的位置。

周諳是她手把手教出來的兒子，自然不會差到哪裡去。饒是如此，當年的周諳，也就是太子歸橫，五歲時表現出來的天賦也著實讓懿貞皇后大吃了一驚。

機關偃術，少有人能精通，一個五歲的孩子卻抱著竹簡日夜琢磨，旁邊還細細寫下了標注。懿貞皇后一行一行看下去，忽然抱起周諳，眼中有光，她叫他的字：「玄謙，你將會是南詹最出色的皇帝。」

樹大但招風，古往今來，一貫是這個道理。

在這座深宮之中，有關太子的傳聞不知何時漸漸多了起來，說他乃天上星君轉世，生來便是天子的命格。隨著他一日一日長大，懿貞皇后一日一日衰老，流言更像長了翅膀一樣滿天飛。

孝熙帝尚還在位，就被不及十二歲的太子搶了風頭。等到這位太子再長大些，又該如何，豈不要把皇位拱手相讓？

短短兩個月內，各種意外頻繁發生：狩獵時馬匹發狂，急速狂奔後從山坡上連人帶馬滾下去；寒冬夜跌入荷花池，身後像有一隻無形的手推了他一把；還有刺殺。倘若懿貞皇后有絲毫疏忽，太子歸橫便被這深宮無聲無息地吞噬了。

「玄謙，你喜歡這皇宮嗎？」懿貞皇后問。

「不喜歡。」小少年搖頭，十二歲的他歷經重重生死之後，眉宇間凝重，隱隱有了陰鷙和戾氣。

「那就離開這裡。」懿貞皇后告訴他，「但是你離開，是爲了往後風風光光地回來。這皇位還是你的，你依舊會成爲南詹最出色的皇帝。」

一日後，他被太醫檢查出身患癔症，神情灰敗，瘋瘋癲癲，穿著戲子曳地的長衫，濃妝豔抹，嚇壞了殿中伺候的宮女太監。

不多時，他又清醒過來，偶爾又魔障了，反反覆覆。有時站在御花園中大哭大笑，有時如同稚兒站在假山上蹦蹦跳跳，有時扮作土匪，有時搖身變成個女人。

大家都說，太子瘋了。

瘋了的太子，在他十二歲生辰那日，自焚於東宮，放一把火燒死了自己。

那把火也燒死了孝熙帝的心頭大患，南詹宮中從此太平。

十二年後的周諳，在離京都幕良千里之外的葛中醒來，夢中滔天的烈火彷彿眞的將他焚燒成灰，那麼眞實。

他猛然坐起，渾身冰冷，不願意順著記憶再去經歷一遍那些不堪回首的往事。房中漆黑，他摸黑下床，不慎打翻了旁邊桌几上的茶盞。隔夜的茶水打溼了衣袖，冰涼地貼在手腕上，反倒讓人冷靜下來。

大雨過後，夏夜的暑氣消散，只有池塘中的蛙鳴始終聒噪地響著。

樓毓聽到隔壁的動靜，似是瓷器碎裂的聲音，她了無睡意，想了想，還是點燃燭火，叩響了隔壁的房門。

無人回應。

「周諳？」樓毓又問。

房中靜悄悄的，好似根本沒有人在。

「周諳？」

第三次詢問依舊沒有反應之後，樓毓直接推開了門。搖搖晃晃的燭火往前一照，就見前方地上癱坐著一個人影，鬼魅一般。

「你坐在地上做什麼？」

周諳原本垂著頭，眼睛往上看，一瞬間幽深的眸子裡那些翻湧沸騰的情緒還沒有散乾淨、藏起來，樓毓猝然撞上他狠厲的眼神，像在雪夜中被一頭狼的目光鎖定。

她愣神時，周諳已經恢復了平日裡的模樣，朝她伸出手：「拉我一把，腿麻了。」

樓毓將信將疑，點燃了旁邊燭臺上的蠟燭之後，走過去拉他起來。

手腕反被握住，被人往後一拉，樓毓沒有防備地倒在周諳身上，發出一聲悶哼。暗啞的聲音中帶著一絲調笑，從頭頂傳來：「相爺警惕心大不如從前啊，還是……你只對我不設防？」

樓毓推了他一把，居然沒有推開。周諳五指攥著她的手，用了很大的力道。兩個人的身體貼在一起，說話的時候能感覺到彼此胸腔的震動，讓人有一種親密無間的錯覺。

「你要在地上躺到什麼時候？」樓毓問。雖說是夏天，但夜裡的溫度也不高。

「起不來，都說了，我腿麻了。」

樓毓知道，這人是存心想要耍賴。

「還有，我剛剛問你的，你還沒回答呢。」周諳不依不饒，「你是不是對我不設防了？是不是已經在嘗試著信任我了？」

他滿眼期待，過於熱切的目光如同一張網把樓毓困住。原本停了的大雨不知何時又開始下了起來，敲打著屋頂的瓦片，透過簷下香榧和桃樹的枝葉劈里啪啦地砸在地上。樓毓臉上一涼，風把雨絲送進了屋內。

她又推了推周諳：「起來。」

「不。」

「我數三下，一、二……」樓毓的眼睛往門外斜了一眼，微不可察地勾了勾脣，「三……」

周諳正要看她能怎麼辦，數到三也不撒手。樓毓忽然使勁，手肘作爲支點在地上撐了一下，身體如一根被壓彎之後的翠竹忽然彈起，就那樣筆直地站了起來。

隨後她雙手倏地抱住周諳的腰，把他從地上拽起來，直往床上拖。

周諳：「……」

樓毓手一鬆，把人甩到被褥上。

周諳說：「夫人，你太粗暴了。」

樓毓撣了撣衣襟上根本不存在的灰塵，眼睛仍然時不時往房門外望，臉上帶著戲謔的淡笑。

「不對你粗暴點，你還賴在地上未起來。」

「這麼說來，還得多謝夫人了。」

樓毓冷哼了一聲，周諳忽然坐起，朝那扇緊閉的房門走去，一把將門推開。門外的夙瑩露出一臉偷聽被逮住的驚慌。

「你在幹什麼？」

一句冰冷的質問將夙瑩的神志拉回，她連忙跪下請罪：「求門主責罰，奴婢只是路過園子，想要前來詢問門主是否要吃夜宵，又一時被大雨困住，就站在簷下避雨……」

周諳道：「漏洞百出。」

夙瑩慌了神色，她平日見周諳永遠一副翩翩貴公子笑盈盈的模樣，未見他發過怒，今日見他，儼然變了一個人似的，她頓時六神無主，心中七上八下，不知道會被如何責罰。

「周諳……」樓毓突然喊了一聲，周諳見她搖了搖頭，顯然不想再追究下去。

三言兩語把夙瑩打發走了，周諳回到室內，樓毓已經尋了一個舒服的姿勢躺倒，一隻手臂枕在腦後，眼睛望著素白潔淨的床幔，話卻是對周諳說的：「你千重門的丫鬟都這樣倡狂嗎？居然敢躲在主人家的臥房外偷聽。」

「還是因爲那丫鬟伺候你久了，所以膽子才大了？」

「跟了你三年，是挺久的了。」樓毓又自言自語地補充。

周諳被她一本正經又有些彆扭的模樣逗笑了：「阿毓，你這是第二次因爲夙瑩跟我吃醋。」

樓毓側過頭，避開他灼灼的目光。

「你啊，爲什麼就是不願意承認一次呢……」周諳笑著歎氣，無可奈何。他和衣挨著樓毓躺下，兩人共枕而眠。

「你不肯承認你因夙瑩而吃醋，不承認因爲關心我而前來房中探看，若是換個不相干的人，你夜晚聽見他房中傳出茶盞碎了的聲音，會親自過來？若再換一個人，你會毫無防備地與他一同躺在榻上安安心心地說話嗎？」

周諳的聲音夾在一陣嘈雜的雨聲中，富有節奏地敲擊著樓毓的耳膜，寧靜又悠長。好像她行走在幽深的石洞中，頭頂岩石上的水珠從石縫中滴落，砸在地面上，緩慢而清晰。

是啊，如果這人不是周諳，她又怎麼會放心地與他同床共枕，心中沒有一絲防備呢？換作是旁人，她怎麼會因爲聽見一聲茶盞落地的聲音，而緊張地過來察看？

從何時起，周諳這個名字對她來說已經具有了非比尋常的意義，變成了她心中一個特殊的存在。

「那麼說說看，爲什麼三更半夜突然就把茶盞打碎了，我進來的時候你還坐在地上，發生了什麼事？」

周諳失笑，頭疼地揉了揉眉心：「阿毓，你這話題轉得夠快的，咱們剛剛分明是在說你，你怎麼又扯回我身上了……」

蠟燭已經快要燃盡，燭火昏暗，如同天將入夜之時，光線無比微弱，對方臉龐的輪廓在彼此的眼瞳中變得模糊又溫柔。

「你說說看……」樓毓依舊堅持。

周諳拿她沒辦法，無奈地轉了個身，面朝著她側躺著，兩人的呼吸瞬間拉近，熟悉的藥香再次侵佔樓毓的嗅覺。

她剛要推開，卻被周諳抓住了腰帶：「你躲什麼，不是要聽我說嗎？」被刻意壓低的聲音好像夢中的囈語。

樓毓終於妥協，貼著他不動了。

「你說。」

周諳順著她的胳膊一路緩緩向下，抓住了她的手，扣住她的五指：「剛剛做了個噩夢，摸黑坐起來想找水喝，手不穩，就把茶盞給打碎了，並未發生什麼大事。」

「噩夢？」樓毓追根究底，「你夢到什麼了？」

周諳擁著她：「夢到南詹皇宮，我還是太子歸橫時，在那裡生活。夢到我屢次遭到刺殺，最後被逼得沒法兒了，只能裝瘋，一把火把自己燒死，借此離開幕良。」

掌心不知不覺中被扣緊，樓毓的另一隻手安撫地攀上了他的背脊。兩人似兩株藤蔓，在雨夜中相互依偎。

有人分擔的感覺總是好的，那些殘酷的往事不用獨自和血吞咽，好像痛意也被轉移了大半。周諳想，倘若自己沒有遇到這麼一個人，這樣的樓毓，是不是今生都不會有機會將這些話宣之於口了？

他平復情緒之後，繼續道：「宮中之人皆以為我自焚身亡，死在了那場大火裡，實際我來了葛中，一切重新開始。葛中是我的生母懿貞皇后為我選中的地方，她說這裡是個祥瑞之地，又有大商機，地理位置優越，當地門閥世家林家外強中乾，不足為懼，假以時日，必能一舉將其推翻，為己所用。」

樓毓在京都之時，對懿貞皇后的事有所耳聞，當年樓寧進宮時，懿貞皇后已經故去，聽說是積勞成疾，又常年憂思鬱鬱，才會英年早逝。

「我離開幕良時，問母后她為什麼不跟我一起離開？她說她是一國之母，她有她的責任，她不能走……」

「可她卻安排你離宮？」

「對。」周諳說，「她告訴我，離開只是暫時的，離開是爲了更好地回來。」

樓毓在這句話中聽到了懿貞皇后的野心和對權力的渴望。

「那你呢？」樓毓問他，「你是如何想的？你想回到幕良嗎？」

周諳一怔，從未有人這麼問過他。

他的母親懿貞皇后把所有的期望寄予在他身上，理所當然地認爲他有帝王之才，必能開創一代盛世。他的部下如邢沉溫等人，這些年忠心追隨，陪他一路披荊斬棘建立千重門，陪他一步一步朝著那個目標奮進，從未問過他初衷。

如今被樓毓這麼一問，猶如當頭棒喝，心魂都被震了一震。

他緊張又期待地看著樓毓，燭火在這一瞬徹底熄滅，視野中忽然一片黑暗，近在咫尺的人也看不清楚了。

「如果我想，你是不是會離開我？」

視線被斬斷，其他的感官變得分外敏銳起來。樓毓覺得與自己相扣的那隻消瘦的手越來越冷，如同枯枝燃燒過後散去餘溫的一把灰燼，漸漸在她掌心裡凝成了一塊頑石，寒意刺骨，輕易將人凍傷。

可她這次沒有瑟縮，也沒有躲開。

帶著一絲堅定，她抓住了那隻手，捂在自己溫暖的胸口。

「我不會因你是太子歸橫而跟你在一起，亦不會因你是太子歸橫而離開你。」她聲音平和，不似在沙場之上振臂一揮的浩然大氣，更像涓涓流水，堅韌地繞過千萬重阻礙向汪洋大海彙聚，「我跟你在一起是因爲你這個人，與身分無關，與旁人無關。你有你自己的抱負與責任，我不會因你要承擔的東西，而否定你，離開你……」

樓毓往下還說了什麼，周譜聽不見了，他滿腦子都迴響著「我跟你在一起」這幾個字，這些聲音串起來，在耳邊炸成一片煙花海。

他抱著樓毓笑起來，前所未有的暢快與開懷。

如有春風過境，誰心上萬物復甦。額頭相抵，他捧著她的臉，反反覆覆不厭其煩地確認：「我們在一起了，我們終於在一起了……」

樓毓心一軟：「傻子……」

貳

樓毓與周諳蜜裡調油地過了一段時間，卻逢南詹全國大規模暴發澇災。一連多日暴雨沖刷，洪水橫流，氾濫肆虐。

葛中瀕臨沉水江，靠水而生，正因如此，早有防範意識。多處修建堤壩，抗洪排澇，城內修建排水幹道，旁支橫絡、縱橫行曲、條貫井然、排蓄結合，反倒受災程度較輕。而幕良和臨廣各地，架不住連續的強降雨侵襲，許多堤岸與房屋被沖垮毀壞，一時間百姓怨聲載道，民不聊生。

朝廷與各地府衙的抗洪救災短時間內沒有起到多大的效果，漸漸有民眾揭竿起義，雖然很快被鎮壓下去，但也給孝熙帝敲了一記警鐘。孝熙帝不得已召集三大世家進宮，共商救災事宜，這無疑是皇權向門閥世家的一次低頭和妥協。

周諳收到飛鴿傳書的密報，隨手把字條懸在火苗之上，燒成了灰燼。

亂世裡往往有更多的時機，這次洪災，也不失爲一個機會。京都幕良已經亂成一團，各地被鎮壓的起義隨著洪澇的加劇勢必會再次死灰復燃，皇帝和世家名義上聯手救災，暗地裡又相互算計，亂成一盤沙。

不會有比現在更好的時機了，周諳想。

這幾日樓毓晚上睡得不安穩，房中徹夜點著安神的息和香，她雖早早上了床閉著眼睛，但也得熬到半夜三更才能醞釀出一點睡意，結果被劈里啪啦的雨聲一沖，腦中頓時又清明了。

周諳又叫人熬了暖胃的粥，端過來時就見她抱著薄毯坐在床頭，雙眼不知望著何處發呆。

「是不是在千重門住習慣了，現在上了岸，反倒夜裡睡不著？」周諳打趣。開始下暴雨的第一天，水位高漲，他們一行人就已經從島上撤離上了岸。

樓毓渾身倦倦的，提不起精神，瞥了他一眼。

「睡不著的話，過來陪我吃點。」周諳把人拉下地。

樓毓見他這幾日辛苦，眼睛下一圈黑的，到底有些心疼，便坐過去陪他喝粥。

依舊是碧色的粳米粥，但味道卻與往日不同。樓毓想起什麼，問：「不是夙瑩煮的？」

「她離開千重門，這幾日回老家了。」周諳輕描淡寫道，吹了吹瓷調羹中的粥，就往樓毓嘴邊送。

樓毓對他這種三歲小孩的行爲頗爲無奈，但縱容，配合地張嘴。

她自知夙瑩不可能無緣無故離開千重門，這其中想必還有些曲折，但周諳不說，她也沒必要深究，且結果擺在面前，還是她樂意見到的結果，這就再好不過了。

「災情如何了？」口中粳米香軟，樓毓聲音含糊。

「不樂觀。」周諳道，「再過兩日，我可能要去幕良一趟，你……」他頓了頓，改口道，「葛中與臨廣的交界處有幾座小縣城沒有受災，其中有個叫辜渠的小村落原本貧窮落後，那裡的人世代種茶，後來經千重門大力扶持，漸漸發展成一個不大不小的富裕鎮子，環境很好，也養人，你要是願意，就去辜渠住一段時間如何？」

葛中並非最安全的地方，一旦他率大部分人馬回京，把樓毓留在這裡絕對是個隱患，到時候如果朝廷與樓家各方找到她，後果將不堪設想。

周諳有他的顧慮，他希望樓毓能夠轉移到一個安全的地方，不會出任何差錯，不會有任何閃失。

但是，這僅僅只是他的希望而已，最後的決定權仍然在樓毓自己手中。

「好，我去。」她卻輕易地答應了。

周諳明顯一怔，似是不敢相信她就這樣同意了：「你願意去辜渠？」

樓毓點頭，看著周諳現在這樣子反而笑了：「我去辜渠不好嗎，你不也說了，那裡是個好地方，我應該會在那兒過得不錯，而且還能讓你安心，既然這樣，我爲什麼不去？」

周諳一把抱住她，趁機伸手揉她的頭髮，笑道：「阿毓，你怎麼這麼貼心呢？」

樓毓喝了半碗粥，現在胃裡是暖的，整個人渾身上下也是暖的，她的下巴抵在周諳肩膀上，明白他此次去幕良定是一路兇險，她不問他去做什麼，只說：「一路平安，我在辜渠等你回來。」

參

分別在即，周諳走得很急，樓毓與他是同一天出發的，只不過一個北上，一個南下，兩個截然相反的方向。

周諳覺得這樣的兆頭不好，好像兩夫妻恩斷義絕分道揚鑣似的，臉上不太高興。連刑沉溫也看不下去了，覺得這位主子只要遇上樓毓的事，平日裡的果斷決然就半分不剩，變得婆婆媽媽的，讓人十分看不慣。

但是看不慣歸看不慣，到底什麼也不敢說。

「主上，你再耽擱下去，會誤了大事的。」刑沉溫十分隱晦地在邊上提了一句，表情沉痛。

「只要媳婦兒沒跑，天沒塌，就行了。」

刑沉溫聽完更糟心，周諳橫了他一眼，道：「你這種沒娶媳婦兒的人怎麼會懂我的心情……」

刑沉溫：「……」

時間飛逝，到了不得不出發時，兩路人馬在葛中的城門口駐足了許久，一出城門，擺在面前的便是截然不同的兩條路了。

樓毓為了掩人耳目，避免太過張揚，選擇了坐馬車，身邊只帶了一支護送的小分隊，對外就宣稱這是哪家的小姐回家省親。

周諳一把撩開車簾，弓身鑽了進去。

「我這次去辜渠，臨走之前本應該跟藺先生和屈不逢打聲招呼，這幾日被你纏著，卻把這事給忘了。」

周諳說：「怪我。」

他認錯快，甭管錯沒錯，一把攬下總沒錯。在夫人面前辯解都是徒勞，沒有半分好處，只會影響夫妻和諧。且相處久了便知道，樓毓這人鐵血丞相當久了，向來吃軟不吃硬，順著她讓著她，才是道理。

周諳轉身下去拿了一套筆墨紙硯上來，攤開在矮几上，對樓毓說：「你留信一封，給藺家兄弟交代音信，有人替你把信送到他們手上。」

樓毓道：「這倒是個好主意。」

她提筆在紙上行雲流水寫下數行字，墨香四溢，忽然抬頭望向周諳：「到時候，我給你寫信。」

周諳聽罷笑了：「一言為定。」

瓢潑大雨落在馬車頂，兩人相視而笑，頗有一種苦中作樂的感覺。

午時告別，中途雨停了一會兒。走出辜山亭之後，樓毓回頭往馬車外望了一眼，周諳的人馬已經徹底消失在視線之外，再也看不見，只有遠處重重的青山連綿不斷。

分別不過片刻，心中就積攢了話要說，她苦笑著搖頭。

記得之前有一次藺擇秋提起，他因事夜宿在一個學生家中，第二日一早推開房門，就見屈不逢坐在屋簷下等他。他問：「你何時來的？」屈不逢不說話，固執地看著他。他無奈地說：「不過是離開了一宿，你連一宿也等不了？」

屈不逢回道：「我連一個時辰也等不了。」

那時只當玩笑話聽著消遣，今時今地，卻無師自通，領會了其中的感受。

樓毓於是開始提筆寫信。

這一路上，周諳每經過一個驛站，就會飛鴿傳書來報，他在信中交代自己到了何地。只是時間漸漸往後推移，他的來信間隔越長，內容也越短越倉促，想來要忙的事情也越來越多。周諳到達京都幕良之後，給樓毓的信中已經只剩下隻言片語——「平安抵京，勿念，珍重。」

此時的樓毓也快要到辜渠，她從葛中到辜渠的距離原本比周諳從葛中到幕良的距離要近，只是周諳走的是官道，樓毓這邊多崎嶇不平的山路，結果反而讓周諳領了先。

想來周諳如今忙救災之事必定忙得焦頭爛額，也不宜分心，樓毓便簡單在紙上寫下「珍重」二字。

連同樓毓，他們這一行共有七個人。不管是丫鬟還是車夫，都是千重門中武藝高強之人。明日再趕半天路，便能到峷渠，今晚便停下來在樹林中休息。

出了樹林不遠處有一個官府的驛站，名義上是官員專用，但是這地方偏僻，路過往來的多是商販和普通百姓，漸漸衍生出一條不成文的規矩，只要你給銀子便能在裡頭住一晚歇歇腳，有房有馬廄，總比你露宿荒郊野外要強多了。

以前樓毓率兵打仗時，多艱苦惡劣的環境都經歷過，如今窩在馬車中再住一晚自然也不成問題。只是近來她連續趕了好幾天的路，又身體抱恙，連帶著心情也不佳。她這人不喜歡委屈自己，既然有更好的選擇，便不至於要退而求其次。

於是她帶著幾人花了重金，住驛站。

樓毓舒舒服服地泡了個澡，換了身乾淨的衣裳，再準備去廚房賄賂賄賂廚子，讓他加兩個好菜。結果一出門，就見對面廂房的門也開了。

墨色的深衣幾乎與外面濃厚的夜色融爲一體，驛站後院簷下的燈籠搖曳著慘白的光，模模糊糊把人的輪廓勾勒出來，照不見他漆黑一片的眼底。

「樓淵？」樓毓一時啞然。

雨還在下，兩人之間隔著千萬重水霧和夜色，經年再見，讓樓毓竟生出一種風雨飄搖，亂世中與故人重逢的錯覺。

此刻，她的心卻格外平靜。

不再有當初聽聞他的婚訊時的憤怒，不再有看見他與莊愔雨相敬如賓時的嫉妒與不甘，不再有因樓寧故去之後而遷怒於他的絕望和刻骨銘心的恨意，那些曾經在心中沸騰的、咆哮的、掙扎的情緒，像炙熱的岩漿噴發之後慢慢冷卻下來，凝固成灰白僵硬的岩石。如今她看他，已與陌生人無異。幼時相伴的情誼，早已無聲無息消失在一夜又一夜的長風之中。

樓淵撐著竹骨傘，跨過他們之間的那一段距離。

「你怎麼會在這裡？」他問。

樓毓淡笑：「這話應該我問你。」

這荒郊野嶺的，又是葛中與臨廣的交界地帶，樓淵怎麼會出現在這裡？

樓淵看出來她的疑問，解釋道：「我原本就在臨廣救災，人馬不夠，過來葛中搬救兵。此次洪災中葛中受災程度最輕，城中排水措施和系統都有值得借鑑的地方，正好借機學習……事態緊急，抄近路過來，路過驛站，就在此歇息一晚……」

對於樓淵這番話樓毓半信半疑，但與她並無多大的干係，她隨性地點了點頭：「那你忙，你忙……」

這打發人的客套話聽得樓淵心中一緊，莫名不是滋味。雨水順著傘面的紋理緩緩往下淌，掌心冰冷潮溼，自己也分不清是不是雨水。攥緊的五指用盡了全力，但好像什麼也握不住，正從指縫中悄然流失。

兩人之間一步就可跨越的距離，卻讓樓淵無能為力。

「夫人……」長廊的另一頭走來一個模樣清秀的妙齡少女，顯然是在稱呼樓毓。

樓毓朝樓淵擺擺手，道：「有人叫我，我先走了。」

樓淵因那稱呼一陣恍然，樓毓卻已經走遠。

剛才呼喚樓毓的那位女子是千重門中的大丫鬟，是個人精，她眼珠骨碌一轉，樓毓就知道她想幹什麼。

「不准通風報信。」樓毓按住她的手，「不准告訴周諳我與樓淵在驛站偶遇。」

少女面上帶笑殷勤地應著，樓毓目光在她臉上掃了一圈，又道：「別以為我不知道你在想什麼，若是日後我與周諳對質，知道你多嘴了，就把你的嘴縫起來。」

少女下意識地捂住了嘴巴，大概沒想到門主夫人是位這麼難纏的角色。

樓毓在位已久，沉浮官場幾載，對人心還能揣摩出幾分。

她語音一落，少女連忙再三保證：「全聽夫人的。」

樓毓點了一樣菜式，想到樓淵，心中還是有所顧慮，道：「通知下去，明日天亮了我們便啟程，不再耽擱了。」

早到臯渠，大家早安心。少女聽她這麼說，也高興地答應下來。

樓毓淺眠，翌日天濛濛亮時，雨聲停了，外面傳來窸窸窣窣的響聲，不待人來叫，她便自己醒了。穿衣洗漱好，再草草吃了東西，把一切裝點好，一行人就準備上路。

誰知一出驛站，樓淵的人馬已經等在外面，與樓毓碰了個正著。樓毓掩過眼中一閃而過的詫異，換上了幾分漫不經心的笑，道：「七公子，好巧啊，又遇上了……」

「阿毓，可否借一步說話？」樓淵神色認眞，帶著一絲懇切。

樓毓原本想早起跑路，卻被人逮了個正著，只好點頭：「好啊。」

驛站旁邊就有茶棚，老闆還未開張，才擺好桌椅，就迎來了今天的第一單生意，灶上的火燒得旺，壺中的水呼呼地響。

樓毓落座，身後的兩個人欲跟上去，被她阻止了：「就是與朋友說幾句話，一會兒就好，你們在外面等著。」

茶棚外兩隊人馬對峙，都有一種看對方不順眼的感覺。茶棚內一男一女各踞一方，對面坐著，遙遙的天光從窗戶口投射進來，落在兩人身上，鍍上一層模糊的光暈。

「你還怪我嗎？」

樓毓不明白樓淵問的是哪一樁，道：「本就不該怪你。」

樓淵喉頭一澀，見她雲淡風輕的模樣不像是假的，不慎被滾燙的杯沿燙傷了手，他卻沒有縮回，任憑那點痛意從指尖蔓延，面上是萬年不變的不動聲色。

「爲什麼不怪了？」他聲音隱忍。

樓毓被他滿含質問的語氣弄得一怔，不明白這人好端端發什麼瘋，非得她恨他恨得抽筋剝皮他才痛快？

心中的話百轉千迴，樓毓再三斟酌才說：「你娶莊憎雨是明智之舉，事實證明，你們可以過得細水長流。樓寧之死也與你沒有多大的關係，我當初遷怒於你，怪你沒有救她，其實是她執意求死，誰也攔不住她。」

樓淵聽她如此坦誠，心中不知是悲是喜。

「我現在也有喜歡的人了，他對我很好，最危急時也沒有放棄過我，我答應了把這輩子都給他，要同他好好過完這一生……」

她說話時難得露出一點小女人神態，雙頰浮現出一抹紅暈，像是想到某段甜蜜的回憶。她並沒有絲毫要炫耀的意思，只是把眞情實感認眞地講給樓淵聽。

她一貫如此，喜歡了便是喜歡了，不會掩飾。不愛也就是不愛了，無論如何也不會回頭。

樓淵同她一起長大，再明白不過她是如此心性，可越是明白，此時心中越是無望。

外面的天不知不覺已經完全亮了，樓毓估計外面的人已經等急了，對樓淵說：「咱們就此別過吧，日後有緣再見。」

樓淵攔住她，眉頭緊縮：「你還沒告訴我你要去哪裡，現在各地洪災頻發，又有瘟疫肆虐，你……」

他擺明不放心樓毓。

樓毓避開他的手：「不用替我擔心，我自有安全的去處。」

見樓淵還要再說，樓毓拉開了兩人之間的距離，冷了眉眼，方才片刻的溫情好像只是樓淵的錯覺。

「七公子，我們到此爲止，如若你願意，以後我們再見面還是朋友，但是私事，彼此還是不要過多干涉爲好。」

樓毓一行人繼續趕路，眼見著再越一座山就是辜渠，這時候，不出意外的話，她本該收到周諳的飛鴿傳書。

往日收到的信只是越來越簡潔，今日卻連隻言片語都沒有了。說不失望那是騙人的，但樓毓明白，這說明周諳必定在忙大事。她忽然從馬車上跳下來，問身邊一個隨從：「周諳這次去幕良到底是要幹什麼？」

「小的不知。」對方顯然很爲難。

但樓毓知道，現在安插在她身邊這幾人均是周諳的親信，他們對他的行蹤和計畫不可能完全一無所知。她之前沒問，是沒有深想，是出於信任，也是下意識地認爲周諳多半是爲賑災之事。現在深想了，背後驚出一層冷汗。

這次全國澇災引發的各地暴動不斷，被現實逼迫走投無路揭竿而起的民眾太多了，周諳前去京都會不會跟這事有關，他會不會——也要反了？

見樓毓堅持不肯再上馬車，目的地辜渠分明就在眼前，眾人也急了。

之前與樓毓接觸頗多的那個大丫鬟忍不住說：「門主這次去幕良帶了不少人，之前千重門中駐紮在各地的兵馬也有所異動……」她一下子向樓毓交了底，「有幾場起義，本就是一早策劃好了的，奴婢這麼說，夫人可明白了？」

丫鬟提心吊膽地留意著樓毓的神色，她知道樓毓在周諳心中的分量，如若變著法兒地隱瞞，說不定會讓兩人心生罅隙，倒不如如實相告，寄希望於樓毓，祈禱樓毓能夠理解。

好在樓毓真沒有再追究下去，她知道周諳自有打算，她既然答應了會在亳渠等他回來，那麼她就不會食言。

只不過這下耽誤了時間，後面有一人騎大馬趕了上來，朝樓毓的人馬大喊：「毓姑娘，毓姑娘……我家公子受傷了！」

一個粗鬍子莽漢追過來，急聲朝樓毓道：「毓姑娘，我家公子受了重傷，可否再留片刻，隨我去看看他？」

樓毓疑惑：「樓淵受傷了？」

「公子前幾日在臨廣救災時，被一群不知好歹的刁民圍住，其中有個孩子趁他沒有防備時用匕首在他胸口刺了一刀，這幾日趕路，公子也沒能好好休息，一直在發熱……剛才跟姑娘在茶棚聊了片刻，出來之後突然吐血昏了過去……」

聽他這麼說，樓毓仔細回想方才在茶棚時的情景，樓淵確實看著比往日要疲憊許多，當時她只當他是勞累過度，不知道他還有傷在身。

但樓毓還是拒絕了：「你叫我回去也沒用，不如趕緊給他找個大夫瞧瞧。」

漢子道：「就是找不到大夫才來尋你！這裡偏僻，驛站的人說最近的村子也得走半天，我聽公子說過，你是懂醫術的，之前在臨廣的藥鋪裡收了兩根百年的虎母草，他還說要留著給你，你一定喜歡……」

樓毓確實懂些醫術，她這種人難免傷著碰著受點傷，小時候樓寧便教過她，但也只是略懂皮毛。她猶豫了片刻，還是決定回驛站去看一看樓淵到底怎麼回事。

「夫人……」千重門的人不放心地想要阻止。

樓毓擺了擺手，道：「你們隨我一同回去。」

她與樓淵雖已劃清界限，但是人命關天的事情，普通的路人尚且不能放任不管，何況是樓淵。

樓毓前去查看樓淵的傷勢，把脈之後，利索地除去他身上的衣袍，胸前緊纏的繃帶已經被鮮血滲出一片紅，只是被外面玄色的深衣遮掩，眾人皆看不出來。樓毓拿剪子剪了繃帶，見裡面的皮肉翻紅，傷口已經化膿腐爛，邊沿呈深黑色，有中毒的跡象。

刺傷樓淵的匕首可能是帶毒的，只是分量輕，未入骨髓，樓淵一時大意沒有察覺，叫人上了藥草草包紮了事，隔了一段時間之後毒性才顯露出來。

驛站雖然沒有現成的大夫，但儲存有不少藥膏，以備不時之需。樓毓需要的藥草倒是有現成的，小刀繃帶也一應俱全，她替樓淵挖了腐肉重新上藥。

雖用了麻沸散，但樓淵在昏迷之中一直冷汗涔涔。他似是在睡夢之中承受了極大的不堪承受的痛苦，蒼白薄削的脣被自己無意識地咬出了鮮紅的血珠。他的手在空氣中無意識地想要抓住什麼，卻徒勞。

樓毓頓了頓，終究沒有握上去。

要不了兩個時辰，樓淵就該醒了。她正在盆中洗手，忽然後頸猛地一疼，意識頓時從腦中抽離。

第六章　何當共剪西窗燭

壹

樓毓在馬車的一陣顛簸中醒來，猛地坐起牽扯著後頸劇烈一痛，登時又倒了回去。

這點動靜驚動了馬車外的人，一個青衣侍衛掀開簾子，樓毓有所防備，袖中滑出一柄匕首，第一時間朝那人脖頸間劃去。但因渾身疲軟力道不足，被青衣侍衛瞬間躲開，反手擒住。

「你是誰？」樓毓心中已有答案。

青衣侍衛板著臉，無一絲表情，如同一個沒有生命的人，發出的聲音也沒有一絲起伏：「七公子派我等護送姑娘去一個安全的地方。」

樓毓的猜測果然沒錯，但樓淵這是準備送她去哪兒？目的是什麼？因爲對千重門的人不信賴，所以想盡辦法把她轉移，是爲了她的安全，還是想要利用她的身分做些什麼？

許多種猜測從腦中一閃而過，樓毓穩住聲音問：「樓淵人呢？」

青衣侍衛用絲帶牢牢捆住樓毓的雙手，確定她逃脫不了之後，才回答：「公子還有其他要事要辦。」

樓毓感覺得出面前這個青衣侍衛雖年紀輕輕，但內力深厚，馬車外像他這樣的大概還有十來個，她現在要從他們手中逃脫，幾乎不可能。

青衣侍衛出去之後，換了一個紫衣女子進來，墨髮高高綰起，雖作男子打扮，但她玉面玲瓏，五官精緻，身形又十分小巧，樓毓一眼就能看出她是女扮男裝，一開口，也是清脆的聲音：「我與毓姑娘同是女子，留在馬車裡照顧姑娘也方便些，若是姑娘有什麼需要，儘管跟我說。」

名爲方便照顧，實則近身監視。

樓毓也不多言，索性靠在車壁上，合目休息。她在等身體慢慢恢復，卻發現自己的內力被壓制在體內，根本提不起半分勁兒。

紫衣女子道：「毓姑娘武功高強，爲了以防萬一，我們給你服用了消功散，在這一個月內你的內力暫時無用，你與一個普通人無異，便安心隨我們走吧，不要再想著逃跑了。」

她說得如此直白，可見其決心，樓毓道：「你出去，讓我安生待一會兒。」

紫衣女子諒她鬧不出什麼大事故來，馬車前後又有人緊緊跟著，便依言出去。

「等等，」樓毓叫住她，雙手往前一送，「鬆綁。」

紫衣女子猶豫，樓毓半勾起脣角，眼神輕蔑含著幾分威懾：「你們這樣對我，也是樓淵親自吩咐的？下次見面，我得好好問問他。」

雙手間的束縛頓時被解開，紫衣女手如刀刃般割斷了那絲帶。

他們一直在趕路，樓毓透過馬車小小的窗口往外張望，根本不能判斷這是到了哪裡。外面陸續有流民經過，一個個衣衫襤褸風霜滿面，有的還攜家帶口，瘦骨嶙峋的幾個小孩猴兒似的在路邊爭搶半個燒餅。

樓毓之前雖然知道這次洪災引發了大規模的饑荒，但如今才親眼看到此番情景，方發現局勢的嚴峻。

她正細細思索著，腹中牽扯著一痛，心中忽然有了主意。

樓毓突如其來的月事讓幾個青衣侍衛和紫衣女子十分頭疼，她疼得滿地打滾，捂著肚子冷汗直流，大有隨時一命嗚呼的架勢。

「我來月事時一貫如此，如若不找到藥店抓兩服藥調理，大概眞能把人疼死……」樓毓勉強從齒縫中擠出一句完整的話，「到時候你們就把我的屍體交給樓淵好了……」

天色已暗，他們尋了落腳的地方。紫衣女子只好說：「只能等明日，明日一早改變行程，帶你入城找郎中，別想耍花樣。」

樓毓暫時達到目的，但也是眞難受，小腹好似揣著一塊千年不化的寒冰。如今她沒有內力護體，無法抵禦外界的一點寒意，起了風的夏夜，好像蕭瑟的秋天。林中無盡的綠葉刷刷作響，編織成一張巨大的網籠罩在頭頂，冷清幽涼的月芒如煙似霧。

架起的柴火堆不時爆出火星，守夜的青衣侍衛遍佈四周。

樓毓沒有胃口，喝了半碗熱粥。周譖現在在幕良，離她有多遠呢？知道她失蹤了嗎？會不會正在找她？這種忙到焦頭爛額的時候，再要騰出多餘的心思去記掛一個人的安危，應該會很累吧？或許千重門的那群人會把事情壓下來，並沒有把消息送去幕良？

樓毓忽然覺得，要是遇上最後這一種情況反而不錯。假設一下，千重門的人爲了怕周譖怪罪，或是爲了怕周譖分心，乾脆瞞下她的消息，悄悄找她，不讓周譖知道，對她和他們來說不失爲一種兩全其美的方法。

她也不想讓周譖爲她擔心。

她想她是樓毓，樓寧的女兒，遇到險境時定然可以靠自己的力量逃脫。

周諳之前說她可以試著依賴他。人總是愛聽甜言蜜語的，樓毓也不例外，她亦有軟弱的時候，想起兩人之間情到濃處的誓言和許諾，現在不是不委屈，甚至有一點難過。

但她不想拖周諳的後腿。

她更想去辜渠那個世外桃源等他回來。

翌日進了小鎮找藥鋪，樓毓聽到當地人說話的口音才判斷出這裡應該在臨廣境內。她曾在臨廣生活過數年，知道這邊人群混雜，又因地勢緣故被分割得支離破碎，許多小城鎮散落分布，方言各有差異，但多多少少樓毓都能聽懂一些。

她本想拖延時間，運氣卻不佳，沒走幾步就看見一家藥材鋪子，門前的木匾上題了幾個大字——春暉堂。

藥鋪前聚積的流民眾多，多是來求藥的。他們沒有銀子，連果腹的食物也沒有，只能眼巴巴地蹲在藥鋪門前祈盼著老闆大發慈悲能夠施捨一點。現今饑荒不斷，洪災引發的瘟疫也開始蔓延，藥材是珍貴之物。

春暉堂的老闆每日最煩的就是早上開張，打開兩扇門，就見一群人蜂擁而上。因此他不得已雇了兩個牛高馬大的保鏢，一旦有乞丐上門，直接拖出去打一頓。示了兩次威之後，流民們便不敢再上門求藥，只是在附近扎堆，眼巴巴地望著春暉堂那塊招牌。

樓毓等人上門，老闆一見佩刀青衣侍衛的打扮，就知道這次是真的來生意了，趕忙熱情地迎上去：「客官，要點什麼？」

樓毓自己知道該抓哪幾味藥材，但她不說。

「給我找個郎中來。」

老闆知道這人身分定然不一般，非富即貴，主動殷勤地站了出來：「我就是郎中，順帶經營著這家小店。」

樓毓雙眼往他身上一掃，諷刺道：「所謂醫者有仁心，我見你這藥鋪前面立著兩個保鏢，還驅趕流民，想來也沒什麼慈悲心腸，還以為你就是一身銅臭味的商人，想不到你還是位郎中……」

她一番話說得老闆滿面通紅，卻還需陪笑。在一旁打雜的小學徒掩著嘴憋笑，雙目之中流露出對樓毓的崇拜之情。

樓毓轉身對一個青衣侍衛道：「我需另請一位郎中，這個我不要。」她想了想，又補充了幾點，「要眉清目秀相貌好的，年紀不可太大，風度佳，衣著要整潔乾淨……」

老闆訕訕嘀咕：「你這是要找郎中，還是找相公呢……」

紫衣女子聽到樓毓的諸多要求，約莫也在納悶，七公子到底看上她什麼了，麻煩又矯情，月事來了痛得臉發青，還要作妖。但對她不滿也需忍著。

「好，我叫人給你去找，我們就在春暉堂等著。」

青衣侍衛辦事效率高，一炷香快要燃盡的時候，就領著一個背藥箱的灰衣郎中回來了。雖沒有完全達到樓毓的要求，但也算得上眉清目秀、面目和善，看上去十分順眼。

郎中替樓毓把脈，立馬寫好了藥方子，樓毓說現在就熬一服，不然她快要撐不下去了。

紫衣女子氣憤不已，心說方才挑郎中時怎麼不見你撐不下去了，要死了。但這些話還是只能憋在心裡，說不得。於是又借了春暉堂老闆的院子和藥罐熬藥，七八個人圍著一個爐子站著，恨不得一秒就能把藥汁倒出來給那位祖宗灌下去。

紫衣女子一回頭，發現本來坐在籐椅上疼得死去活來的樓毓忽然之間人間蒸發，消失不見了。

「糟糕！」

一群人忙昏了頭，又被她病痛的樣子消磨了戒心，一時大意疏忽，大概沒想到她在這種情況下還會逃跑。

「快追！她現在內力被封，絕對跑不了多遠！」

樓毓是在一個巷子口被逮住的，確實沒能夠跑多遠，就被青衣侍衛堵住了。紫衣女子現在看她眼中冒火，大有一副被她欺騙和辜負了的錯覺。

「你還想去哪兒？」

樓毓再次落入他們的手中也不見惱怒，還是冰霜一般的臉，睥睨人的神色中帶著一點漫不經心和倨傲，似乎並未把他們放在心上。

正要把樓毓再次帶回春暉堂時，後面突然傳來一陣倉促的腳步聲，有人喊道：「就在這裡，官爺，他們就在這裡……」

來者正是春暉堂中那個幫忙打下手的小學徒，他領著一群衙役往這邊趕來，團團把青衣侍衛圍住。

螳螂捕蟬，黃雀在後。

樓毓沒打算這次就能成功擺脫青衣侍衛和紫衣女子，她在春暉堂時見小學徒似乎是個可靠的，趁人不注意時取了腰間的玉牌給他，讓他悄悄去報官。那塊玉牌是樓寧的遺物之一，大約是孝熙帝所賜，背面鐫刻了皇族的姓氏，是身分的一種象徵。

樓寧應該並未放在心上，隨手將之丟棄，同衣服放在一起，後來被樓淵一併搜羅了過來給樓毓。樓毓當時挑中了這塊牌子，想著用來傍身，今日還眞派上了用場。

小學徒拿著玉牌去衙門，無論大官小官爲了保住項上人頭都不會置之不理，必定會帶著衙役過來。

普通的衙役定然不是訓練有素的青衣侍衛的對手，樓毓也沒有寄希望於自己會被當地官員搭救，又一次羊入虎口。

她得自己逃脫。

衙役的作用還是有的，人多勢衆，和青衣侍衛打起來，占不了上風，但能把局面攪和得混亂。

樓毓再次趁亂溜了。

「毓姑娘！」紫衣女子這次眼睜睜看著她跑了，想要追上去，卻被幾個衙役絆住了腳，等她三五下解決掉眼前的麻煩，轉瞬之間，樓毓又不見了。

她這次是眞跑得沒影兒了。

貳

西北角一處廢棄的茅草屋後，樓毓換上了一身乞丐服，猶如變了一個人似的走出來，混在街邊乞討的人群裡。佝僂的背好像怎麼也挺不直，又髒又亂的頭髮遮住一雙無神的眼睛，走起路來有點跛，拄著一根枯瘦的樹枝，喉嚨裡發出呼嚕呼嚕好像漏風的奇怪聲音。

她同一個孩子一起，趴在巷口旁邊的牆上，從磚縫中找一種能勉強下嚥的蕨類。

青衣侍衛從旁邊路過時，那孩子正好拔出一根蕨，興奮得哇哇大叫，吸引了青衣侍衛的注意。

樓毓心下一緊，當機立斷地一把摟住孩子的腰，用當地的方言說：「小寶餓壞了吧，小寶快吃吧……」

青衣侍衛看了他們幾眼，準備從街對面過來的身形一頓，又匆匆忙忙地走了。

樓毓暫時逃過一劫，被她摟在懷裡的孩子還愣愣的，髒兮兮的手中握著那根救命稻草，不知經歷了一番怎樣激烈的心理鬥爭之後，顫顫巍巍地把蕨菜遞到了樓毓面前，打著哆嗦十分不捨地說：「給你……」

字正腔圓的京都口音，他大概是從幕良南下逃命過來的，不是臨廣本地人。他方才聽見樓毓說話，以為樓毓是當地的惡霸，一路上被欺負慣了的孩子為了避免挨打，決定向眼前這個怪人主動上繳自己唯一的口糧。

樓毓沒接，從懷中掏出一個紙包，裡面有兩塊點心，是之前從春暉堂順走的。她先前估計之後的日子不會太好過，於是留了一手，這會兒全用到這孩子身上了。

小孩眼神閃爍，雖然心中極度渴望，但終究不敢伸手去接，怕眼前這個怪人糊弄他。樓毓於是拿走他的蕨菜，平靜道：「我用點心換你的蕨菜，一物換一物。」

聽她如此說，小孩再也忍不住奪過點心狼吞虎嚥起來，似怕她反悔，也不咀嚼，拚命吞咽，差點噎住。樓毓在一旁看得驚心動魄，怕他噎死。

等小孩吃完，她又問：「你是從京都幕良來的對吧？」

小孩登時警惕起來，樓毓說：「我沒有別的意思，就是跟你打聽個事，你不用緊張。」

「幕良現在是個什麼狀況你清楚嗎？」樓毓改口換了個簡單的問法，「你之前在幕良的時候，有沒有看見封城，人能夠自由進出城嗎？」

小孩說：「我沒有進過幕良城，我是旁邊焦村的，村裡遭了災之後大家都走了。我本來想跟著村裡的人進城討點東西吃，但是聽人說裡面打起來了，幕良城裡還不如外面安全，就又隨著大人們一路到了這裡……」

樓毓問：「你家裡人呢？」

小孩垂著頭，剛才吃急了現在不停地打嗝兒，樓毓輕拍著他的背，他說：「家裡只有爺爺，爺爺在路上染了瘟疫，病死了，現在就只剩下我一個人了。」

樓毓沉默著摸了摸他的頭，小孩不由得抖了一下，像是挨打前身體的自然反應。

樓毓不能在一個地方多作停留，青衣侍衛找不到人可能會去而復返，得趕緊轉換地方。她走的時候小孩也跟著她站了起來，走了兩步，像個小尾巴。

「你不能跟著我，我現在自身難保。」樓毓出聲制止了他。

小孩失望地耷拉著腦袋，像犯了大錯。等樓毓繼續走，他照樣沉默不語地跟著，烏黑的臉上一雙眼睛無辜地眨著。

樓毓回頭，從袖中掏出一根人參給他：「再多的我也沒有了，你每次要是感覺活不下去了，就咬一口含在嘴裡，這東西能救你的命。」

孩子不接。

樓毓塞進他衣服裡，面上恢復了冷意，大步走了。她步子快，拐個彎就不見蹤跡，孩子跑著沒能跟上，眼睜睜看著一個大活人從他面前消失。他形單影隻地站在馬路中央，舔了舔乾裂的脣，血腥味兒在舌尖蔓延。

樓毓重新換上之前乾淨的衣服，她躲過了青衣侍衛，現在要做的是趕緊攔車出城，離開這裡。但倘若她還是一身乞丐打扮，無論哪輛路過的馬車都不會願意載她一程。

又恢復了原來的樣貌從茅草屋後走出來，樓毓傻眼，先前碰到的那個小豆丁居然也在。

樓毓甩掉了青衣侍衛，居然被一個孩子盯上了，沒能成功躲開，她沒弄明白這孩子怎麼找到她的。

「不是說了不准跟著我？」樓相的威嚴上來，震懾一方將士不在話下，遑論一個稚兒。

小孩被謫仙一般的人冷臉一凶，嚇得又是一抖，眼眶中的淚要掉不掉，被水氣浸潤的眸越發清澈明亮，最終又把那點水氣逼了回去。看上去分明怯懦，卻又格外倔強地望著樓毓。

「隨你吧。」

樓毓放棄了勸說，全心全意開始攔車。興許是否極泰來，她這次運氣不錯，很快便攔到一輛出城的馬車。

一個老婦人探出頭來，聽樓毓說明情況，收了樓毓頭上的玉簪子便欣然應允，熱情地讓樓毓上馬車。

樓毓回頭看了小孩一眼，對上那雙眼睛，心亂如麻，最終還是壓住想把人一起帶走的想法，對車夫道：「走吧。」

馬車一路向北駛去，小鎮逐漸被甩在身後變成一個模糊的輪廓，樓毓總算鬆了一口氣。

「姑娘，你獨身一人去幕良做什麼？」車裡的老婦人跟樓毓聊了起來，大概是不太信任的緣故，對於陌生人出於本能的防備，想要多打探兩句。

樓毓說出了一早在心中擬好的說辭：「我丈夫在幕良做生意，多日來杳無音訊，我想過去看看。」

「現在外面亂得很，你可得多加小心……」老婦人說著抓住了樓毓的手。

樓毓不喜與人接觸，動作快於意識地避開，老婦人保養得當的富態手指從肌膚上一擦而過，冰冷滑膩的觸感讓樓毓瞬間聯想到了吐著信子的毒蛇，她敏銳地感覺到一絲不安，這是習武人的警覺。

「姑娘，渴了吧？喝點茶水……」老婦人拿出一個牛皮水囊遞給她。樓毓道過謝，雖接過來了，見老婦人望著自己目光殷切，她仍謹慎地說：「我還不渴，先留著待會兒喝。」

突然發現水囊上面粘著一隻死蒼蠅，還有小灘血跡。樓毓伸手拂開蒼蠅，手指上不慎沾上了血，心頭閃過一絲異樣。

老婦人又跟她細細碎碎說了許多話，她便很快把這一樁小事拋在了腦後。

道路泥濘，老馬一個趔趄，馬車的轎廂狠狠晃了一下。

樓毓身體不穩，雙手往後一撐，忽然發現草席下面軟綿綿的，她似乎按到了什麼，回頭猝然掀開席子一看，竟然是一隻腳。

樓毓心裡一顫，老婦人趕緊傾身過來把席子蓋好：「哎呀，姑娘嚇到你了吧，這是我兒子。之前怕你害怕，就沒告訴你了。」

「這是怎麼回事？」樓毓穩了穩心神，冷靜的語氣中暗藏著懷疑。

原來這位婦人本有萬貫家財，她這個獨子從小就心地善良，樂善好施，做過的好事一本功德簿都記不完。這次洪澇，她兒子不顧家人阻攔，幾乎散盡家財四處施粥賑災，幫助難民，結果自己卻染上瘟疫暴斃。

老婦人這次來替他收殮屍體，把他帶回家鄉。

「善有什麼用，菩薩心腸有什麼用……」老婦人說著說著嗤笑一聲，蒼老疲憊的面容上那笑容透著幾分說不出的古怪，「那些人記著他鍋裡的糧食，人死了，屍體被拋在馬路邊，也沒人肯挖個坑把他埋了……」

她說到這裡，樓毓方察覺到最大的問題。

這馬車上有一具屍體，且死者生前是因瘟疫去世，仲夏天怎麼會沒有腐爛？儘管她現在內力全無，在馬車內怎麼會沒有聞到一絲異味？

除非——老婦人對她兒子的屍體做了特殊處理，得以保存。這乃臨廣巫族一脈才懂的技巧，一個普通富貴人家的女主人怎麼可能會？

「你究竟是誰？」樓毓身手敏捷，手中的匕首抵著老婦人的脖子。

老婦人混濁的眼中並沒有露出絲毫的懼怕，皮膚已經鬆弛的臉變得有些扭曲。樓毓的刀子逼近，在她皮膚上劃出一條血痕，卻對她沒有威懾作用，她似乎已經不看重生死。

「姑娘，我好心載你一程，你這是做什麼？」

樓毓的眼睛危險地半瞇起來。

老婦人又笑吟吟地歎息：「看來果然好心沒好報啊……你我都是將死之人，何必怎麼大的戾氣？」

樓毓反應過來，看了眼身邊的水囊。

老婦人笑得詭異：「水是乾淨的，你喝不喝都無所謂，只是水囊是髒的，蒼蠅血是髒的，你伸手接了，碰了，就撇不掉了。瘟疫這東西傳染極快，姑娘你不知道嗎？你同我在一處待了這麼久，馬車裡頭又不通風，說不定姑娘你現在也染上了。」

「你……」

「我本就是將死之人，我兒死了，我就沒有打算活下去。」老婦人擼起袖子，露出的一截小臂上慘不忍睹，大片大片的肌膚失去了本來的顏色，青紫斑駁如同一塊散發著惡臭的腐肉。

「很快，你就會變得像我一樣了……」

「爲什麼？」

老婦人扶了扶頭上的髮簪：「人常說因果宿命，我兒做了那麼多好事，淪落到如今這個下場，我也想問問姑娘爲什麼。」

「他樂善好施，本就不是出於索要回報，他替別人做了什麼，卻沒要求別人一定要替他做什麼，但求無愧於心。你現在如此，倒是替他抹黑了，是要折了他的功德的。」

「簡直胡說八道！」

「我要下去！」樓毓不再管近乎癲狂的老婦人，撩開車簾對車夫說。

誰知車夫竟是老婦人忠心耿耿的愚僕，試圖抓住樓毓，兩匹並駕齊驅的馬因爲車上的打鬥狂奔起來。樓毓試圖握住韁繩，卻被撲上來的老婦人死死縛住雙腳。

馬車側翻，從山道上滾下去時，樓毓只覺一陣天旋地轉，眼前的世界陡然暗下來，似入永夜。

天翻地覆之中，樓毓腦中快速地閃過兩個念頭：一是好在沒有一時心軟，將那小孩一同帶上馬車，否則就是害了他；二是她恐怕見不到周諳了，他與她之間聚少離多，雙方確定心意在一起沒多久就分開了。她心生悔意，竟恨自己先前的猶豫不決，倘若時光能夠倒流……

可惜這種假設根本不可能存在啊。

樓毓被甩出車廂，山中的荊棘如刀子般在身上割裂，一陣向下的緩衝之後，她雙手抱住一棵柏樹的枝幹，生生停了下來。指縫間的鮮血順著手臂蜿蜒地往下流，白衣已看不出本來顏色。

身後馬車滑落谷底撞擊到一塊巨石停下，發出一聲巨響。

樓毓死裡逃生，癱在地上緩了片刻，沿著陡峭的山坡去谷底察看，老婦人和車夫均沒了脈搏。用匕首挑開車夫的衣襟，發現他生前也已經染了瘟疫。

爲了防止瘟疫擴散，樓毓找了些枯枝架起，一把火燒了三人的屍體。

她看著面前熊熊燃燒的大火，心中升起一股悲涼，她不確定自己是否已經感染上瘟疫，或許也已是半個將死之人。

她一人困在空曠的山谷，帶著傷披荊斬棘，沿著嶙峋的石壁和不知年歲的老樹攀爬上去，不知走了多久，體力透支，漸漸忘卻自己身處何時何地，不明白要去往何方。茫然四顧，她恍惚間終於想起周謐的名字，這個人或許還在找她，還在等她。

這個信念苦苦支撐著她，支撐她終於走出山谷，支撐她生出一線生機。最後卻忽然一陣眩暈，不好的預感襲來，她看著自己手臂上浮現出青紫色的斑塊，現在顏色還很淡，不太明顯，但跟婦人和車夫身上出現的斑塊幾乎一樣。

先前還心存一絲僥倖，現在她清醒地知道自己逃不過去了。

參

樓毓決定賭一把。

每遇瘟疫頻發，南詹各地方官府官員需控制疫情，大發救濟糧，並聚集患者開展救治事宜。情況嚴峻時，皇帝甚至會派遣宮廷御醫前來診治，採取諸多措施，控制疫情，穩定民心。

雖如此，但前去投靠官府卻是一件十分投機的事。患者自願前去，雖然有機會被救治，但也存在更大的風險。一旦到了患者集中的地方，瘟疫更快滋生，輕度感染者很有可能發展成重度，在此之前倘若大夫無法開出有效的藥方子，便只能生死有命，全看個人造化了。

樓毓是主動送上門去的，現在正逢亂世，她傍身的錢財散盡，找不到可靠的郎中，貿然走在人堆裡，也擔心牽累無辜的人，不小心把瘟疫傳染給他們。

衙役把樓毓的情況登記在冊，叫道：「下一個……」樓毓便被後面的人推著往前走，跨入那一道門檻，進入一個生死未卜的世界。

周圍全是瘟疫感染者，有的症狀已經非常嚴重，躺在草席上奄奄一息，渾身散發著惡臭，面色發黑，只艱難地吊著一口氣。有的是像樓毓這種初感染者，症狀較輕，出現頭昏發熱、嘔吐腹瀉等狀況。

按照病情的程度，他們這一大批人被劃分到不同區域，相互隔開。重症病人病入膏肓，大夫幾乎不再抬腳過去。輕度感染者還有生機，每日便有各種湯藥送進來。活動的區域被限定，不得亂跑，困在方寸之間，如同監獄。

樓毓連續腹瀉不止，內力消散之後，身體竟還不如一個普通人。灌進去的藥大半被吐出來，體內時冷時熱，一會兒如同掉入冰窖之中，一會兒又如被烈焰焚燒，受著雙重煎熬。身體垮掉的速度比她預料中要快許多，每日意識清明的時間也漸短。

全副武裝的衙役每日熬好消毒除味的艾草水前來潑灑，四處充斥著強烈刺鼻的氣味，肺腑好像也被侵佔了。蒙著口鼻的大夫查看了樓毓的狀況，長長地歎息，樓毓在其中聽到了無望的消極意味。那歎息聲裡隱藏著另一層意思，好像在說：「姑娘，你日子不長了，保重啊……」

樓毓經歷過不少生死關卡，最險峻的一次是在坡子嶺，她以為自己活不下去的時候，周諳從天而降。

這一次，她竟也開始把希望寄託於另一個人身上，心中開始萬分期盼周諳的出現。偶爾從病痛中解脫，分得出一絲精神思考時，她腦海中浮現出那個熟悉的影子，狹長瀲灩的鳳眸，笑時微微翹著的脣角，他把自己的心交到她手上，他說：「阿毓，你信我一次，我絕不負你。」

他說：「我分明不輸樓淵啊，你爲何不能好好看我一眼？」

樓毓想起他說這話時抱怨委屈的樣子，和藺先生春蠶學堂裡的孩童很像，沒有得到想要的東西。

樓毓還想再見他一面，如若再見，她就把他要的她有的，全都雙手奉上。

她這樣熱切地希望著，但人的希望總容易落空。

三天後，有消息傳來在身邊猶如一記驚雷炸開。

「什麼！官府不管我們死活了？」

衙役兇神惡煞：「嚷嚷什麼！」

「現在以樓家爲首的幾大世家聯手造反了，皇上要兵要錢，忙著鎮壓刁民，哪還有錢撥下來給你們治病！」

「那我們怎麼辦？」

衙役不耐煩道：「待會兒你們就知道了。」

身邊其他人還在議論紛紛各種猜測，而樓毓已經猜到了，待會兒他們將要面臨的是什麼。沒有被治好的疫民，身染惡疾，還會把瘟疫傳染給他人，官府當然不會放任他們出去，而是選擇——全部處死，以絕後患。

樓毓雖想到這些，但此時的她沒有力氣逃了，她這次賭輸了，恐怕要死在這裡。

兩個時辰後，每一扇木門均被上了鎖，裡面的疫民都出不去了。衙役一窩蜂擁進來，四處鋪上乾燥易燃的茅草，澆上火油。

這些性命垂危的疫民終於明白過來，鬼哭狼嚎著，周遭變成人間地獄。被瘟疫折磨得痛苦不堪時，因無法忍受而發出的呻吟嘶吼，不及現在萬分之一的絕望。那時尚且抱有一絲希望，現在他們卻是被無情地拋棄了。

樓毓麻木而冷靜地坐在角落，被鎖住的木欄杆內無數隻手往外伸，像一個個不甘被黑白無常索命的冤魂。

時間還在一點一滴地流逝，她知道她等不到周諳了。

「姊姊，姊姊！」有一個急切而稚嫩的聲音在眾多低啞的嗓音當中聽起來格外突兀，樓毓抬頭望去，不久前僅與她有過幾面之緣的小孩出現在門外。

「你來這裡做什麼！趕緊出去！」樓毓大驚。這孩子怎麼找到這裡來的？衙役馬上就會點火了，這裡將會被燒得乾乾淨淨。

小孩道：「我來救你。」

「這裡都是染了瘟疫的人，聽話，你必須馬上走。」樓毓避開他從外面探進來的手。

「可是姊姊你就要死了……」小孩忽然嗚嗚地哭起來。

樓毓心中焦急，卻換了溫和的口吻：「你能替我做一件事嗎？」

小孩臉上掛著淚痕，停止了哭泣，看著樓毓認真地點頭。

樓毓的聲音很輕：「還記得我換衣服的那間茅草屋嗎？」

小孩又點頭。

「那間屋子後面有一排梅花樹，從左邊數第三棵梅樹下我埋了東西，你替我挖出來，去幕良找一個叫周諳的人，把東西交給他……」樓毓呼吸不暢，喘了口大氣，嘴邊淡淡的笑容卻是那麼溫柔，「你再幫我捎個口信，就跟他說，樓毓食言了，沒法在辜渠等他回來了。記住了嗎？」

「記住了。」

「那快走吧，」樓毓說，「等等，你叫什麼名字？」

「題蕭。」

「題蕭，」樓毓念了一遍他的名字，「你要好好活下去。」

樓毓埋在梅樹下的東西，是兵符。

她擺脫掉青衣侍衛之後，意識到自己很有可能再被他們找到，到時隨身攜帶的兵符不知會落入何人之手，便當機立斷把兵符藏了起來。

她並不寄希望於一個六七歲的小孩子真的能夠跋山涉水替她把兵符交到周諳手上，她只是想借此讓題蕭趕緊離開這裡，保全性命。

大火燃起，她想起十二歲自焚於東宮的太子歸橫，想起同樣被大火燒得一乾二淨的樓寧，如今終於輪到了她。飛簷翹角下的風鈴聲好像在召喚一個個亡靈，人死後是否會入輪迴之道，進入下一世的宿命當中？

到下一世，她可否還會遇見周諳？到那時，今生的種種皆如雲煙散盡無蹤了吧？

她那麼不甘，身體卻越發沉重，好似不停地往下墜、往下墜，火苗逼近了——

題蕭邊哭邊跑，不敢回頭看，他害怕身後的大火已經將一切吞噬乾淨。他傷心得好像要死掉了，猛地撞上一個人。

老頭兒被他撞翻，一屁股坐在地上。

「哎喲，誰家的小崽子不長眼睛！」雀暝惱怒道。

滿臉眼淚鼻涕的孩子看著他傻了眼。

肆

很早之前，周諳就同樓淵做了一筆交易。

他們的目的其實是相同的，削弱門閥世家權力，集權於中央，於是先攜起手，對付外敵，儘管他們看彼此都不順眼，周諳是死而復生蟄伏民間多年的太子，而樓淵是藏身於樓府的淑妃之子。

樓淵一腳踹掉上任樓家家主，掌了實權之後，開始拉攏臨廣蘇家、葛中林家等幾大世家謀反，等各大世家參與進來落下實錘，他再倒打一耙，將有異心之人一網打盡。

又有誰會想到，樓家現任掌權人會是皇帝的兒子。

周諳則策劃了民間的一切，洪澇與瘟疫暴發以後，他製造各種亂象，營造出世家所以爲的絕佳時機，民間起義一步一步逼得他們分身乏術，最後不得不反。

周諳與樓淵這兩人，牽動朝廷和江湖的勢力，企圖借此機會把門閥世家清理乾淨。最後的一步，是獲得掌控五十萬大軍的兵符。這枚兵符屬於曾經的少年樓相，如今的樓毓。

周諳沒有問過樓毓關於兵符的下落，他最不願意看到的，是自己在樓毓面前苦心建立起來的信任，一朝坍塌。他不想拿他們之間的感情做任何冒險，樓毓是一隻刺蝟，她被傷怕了，一有風吹草動，就會豎起全身的刺。

很快，塵埃落定之後，他就可以去宰渠找她了。

兵符關係著在這之後，他與樓淵之間誰會是最後的贏家，但他想，那些或許沒那麼重要了。

烈風陣陣，天幕低垂，陰沉沉地壓在頭頂，烏雲好似千軍萬馬奔騰過境，一場大雨傾盆落下。水榭中的紗幔被勁風擰成一團，吹斜的雨水打溼兩人的衣袍。

石桌上的棋局被兩人下成了死局，皆無路可走。

周諳率先收了白子，道：「我十二歲離開幕良入葛中，籌謀多年，至今離皇位只差一步，卻沒有了要爭的心思。」

「皇兄難道要把天下拱手相讓於我？」樓淵話裡針鋒相對，「難道不想爭一爭這最後的結果嗎？」

「我真正想要的，已經得到，如若貪心，最後會得不償失，我不想冒這個險。」周譜歸心似箭，不待雨停，便走入雨中，「太子歸橫早已死了，他不願再回來……」

周譜說完這一句，只覺酣暢淋漓。

他一心南下，去往辜渠，雷霆萬鈞亦不能阻擋。天青色的衣袍如攜著一片巍巍山巒，不可撼動。

大雨傾盆而至，又頃刻間退去，一時雲消霧散，初陽萬丈金光自雲層縫隙中灑落人間，猶如佛光普世。

千重門的信鴿飛越千山萬水撲棱著翅膀終於落在了周譜肩頭，紙上卻不是書寫著相思意，兒女情。

噩耗終於傳至周譜手上，離樓毓在異鄉遭遇的那場大火已經過去整整二十七天。

二十七天前，有一女子，身染瘟疫，陷身火海，她仍在等她的心上人。

番外一　金風玉露一相逢

蒼穹如墨染，飄遊的雲層越積越厚，灰濛濛地遮去了懸掛天邊的一彎鐮月。

樓寧站在樹梢上，四下寂靜，只偶爾聽見一陣杜鵑啼血的哀鳴。她的身下是一塊荒蕪的空地，四周荒草及膝，漸漸地，氤氳起霧，連風也吹不散，天地間彷彿回到混沌未開之際。

忽而之間，有人間市井的聲音慢慢傳入。

她看見荒草之中，赫然出現了一個兩人大的洞口。

樓寧等了良久，瞧準時機，從洞口跳了進去。

慢慢地，由遠及近有明黃燈火閃爍起來，伴隨著人潮的喧囂聲越來越大，吆喝叫賣聲不絕於耳。

繁華的街道，如同夢魘般在眼前徐徐展開，她目不暇接。

這是樓寧第一次來鬼市。

她這一次來臨廣，一路上在官道旁的茶棚就聽說了不少奇聞軼事。臨廣偏遠，與葉岐只相隔一座岷山和一江岷水，古往今來，就是話本子裡各種離奇故事的發源地。

樓寧最感興趣的，便是他們口中的鬼市。

有的人是光鮮亮麗地活在太陽底下的，還有的人活得如同蛇蟲鼠蟻，見不得光，得一輩子窩在地底下。第二類人多了，聚在一起生活，便有了鬼市。

樓寧長這麼大還沒有見過鬼市，又正是好奇心旺盛的時候，這個被樓府收養的三小姐表面乖巧，實則一身反骨。打聽清楚之後，她自然要來見識一番。

她戴了個鬼面具，邊走邊逛。

慢慢發現這裡和地面上的集市也差不了多少，不過光線昏暗，爲了看得更清楚些，她從小攤上買來了一盞紙燈，提在手中。

這裡極熱鬧，無數人和她擦肩而過，或者說是鬼，有的面容猙獰十分兇悍，有的頭髮蓬亂罩住了整個腦袋，有的尖嘴猴腮兩顆眼珠子像鑲了兩顆黃豆進去，有的缺了一隻耳朵和一隻胳膊，有的不能直立行走只能四肢爬行……

之前樓寧想像得到的，想像不到的，都在這裡見到了。

她膽大，但畢竟才十五，此時又是一個人單獨行動，提著一顆心十分謹慎。

後來累了，她又買了半包糖豆去聽說書。一個老頭站在一張三條腿的桌子後，把青灰抹布往上一鋪，兩三下捋順，右上方擱了一盅茶，驚堂木一拍：「話說西天之上有座雪峰山，雪峰山不見首不見尾，峰頂有座府邸，府邸中四季如春，住著位青龍神君……三百年前，青龍神君下凡歷劫，故事便由此開始……

「那是元宵佳節，熱鬧的花燈會上，神君初入凡間，在擁擠的人堆裡被連著推搡了好幾下。神君的脾氣一上來，卯足了勁，正準備攥著拳頭爆發，不料卻被腳下的一顆小石子絆住了腳，陰溝裡翻船，混亂中有人扶了他一把，身側傳來一個聲音：『兄臺，小心——』。」

聽書的越來越多，樓寧一個不穩，被推了一把，旁邊有人扶了她一把：「兄臺，小心——」

臺上臺下的兩道聲音幾乎同時在樓寧的耳邊響起，說書人的聲音粗糲，身旁傳來的聲音清朗。

樓寧轉頭，看見一張溫潤無瑕的臉。

蘇淸讓於一派昏黃的光景中對著樓寧露出了一個笑。

多年以後樓寧回到幕良，瀕臨死亡之際，她依舊能淸晰地回憶起這一幕，就像是一幅被她珍藏了一生的畫卷，待到絕望時，她靜靜在腦海中展開這幅畫，以找到繼續活下去的力量。好似斜陽渡口，她在那人的笑容裡，乘著天黑之前的最後一絲幽光，撐著竹筏泊岸了。

這一天，還在鬼市的樓寧，沒有任何懸疑地，對蘇淸讓一見傾心。

誰叫她偏偏在鬼市，卻遇見了謫仙。

樓寧從鬼市出來之後，悄悄回到父親落腳的蘇家。房裡的兩個小丫鬟急得跳腳，就怕樓寧出了個萬一，不回來了。後來發現，雖然人回來了，卻變得有些異常，跟丟了魂一樣，說是失魂落魄也不爲過。

樓寧揭下面具，脫了衣袍沐浴，憋著口氣沉入浴桶中，腦海中又浮現出那人的臉。

她暗暗懊惱，當時怎麼就那麼呆呢，居然忘了說話，連人家姓甚名誰都未問個淸楚，日後人海茫茫，再要相逢談何容易。況且，她在臨廣也待不了多久。

樓寧這次是隨著樓父從京都幕良來臨廣微服私訪的，他們一行人借宿在當地最大的一個世家蘇家。南詹三大世家：幕良樓家、臨廣蘇家、葛中林氏，三家私交甚深，自南詹建國三百八十七年以來，與皇權相互制衡。

樓寧隨父親入住蘇家以後，受到熱情的款待，她若沒記錯，蘇家的當家主母說明天是臨廣的山林祭，又有了好藉口，可以出去逛一逛。

樓寧從水面鑽出來，抹了抹臉上的水，心道，不知那人會不會去山林祭。

山林祭是祭山神的活動。

臨廣地處偏僻，雖是南詹國版圖上最大的一塊，卻位於西南邊，遠不如幕良與葛中地區繁華。這一帶山脈縱橫，百姓靠山吃山，世世代代如此過活，有著源遠流長的山文化，又十分信仰山神。

樓寧為了湊熱鬧，翌日用過午膳之後迫不及待地出了門。

如今世家興起，民風開放，樓父也沒攔著她，她不在眼前晃蕩，反倒省心。蘇家派遣了兩個家僕，跟樓寧同行，也好讓她玩得盡興一些。

蘇家家僕一路跟在樓寧身後：「小姐，要不要買一頂帷帽？」

「買帷帽做什麼？」

家僕冷汗涔涔：「小姐不覺得……眾人目光灼灼似驕陽，烤得人臉皮發燙嗎？」

樓寧大笑，絲毫不扭捏作態，笑聲如碧玉環珮相擊丁零響，清脆悅耳，在人群中蕩漾開來。一時之間，目光灼灼，偷偷朝她張望的人便更多了。

家僕心想，這位天下第一美人，眞是太張揚了。

樓寧全程圍觀了山林祭，心思不在看熱鬧上，反倒一直在人群中搜索著什麼。她昨天還抱有一絲期盼，能夠再見那人一面，現在心裡卻越來越沉，覺得再見之日遙遙無期。

蘇家的兩個家僕年紀估計比樓寧還小，也是玩心大的時候，雙眼熠熠地望著小道兩旁的各種攤販上的玩意兒，時不時也興高采烈地望一眼一旁戴著鬼面具耍雜技的。

「你們也去玩吧，天黑之前，在這棵榕樹底下集合，到時候咱們再一起回去就成。」樓寧說。

兩人猶豫不決，樓寧又給了他們每人兩塊碎銀子：「行了，去吧。」

到底是小孩子，經不起一而再再而三的誘惑，一步三回頭地朝樓寧望了又望，就鑽進人堆裡不見了。

樓寧少了兩個小跟班，一個人無拘無束，也更加輕鬆自在。

祭山神的儀式舉行完畢之後，熱鬧依舊，樓寧沿著路，停停走走，四處看看。

晚春時節，緋豔的山花盛開，奼紫嫣紅。山林深處刮來舒適的風，鳥鳴聲夾雜在一陣又一陣的歡呼聲中，隱約可聞。

時間在不知不覺中飛逝，天漸漸暗下來時，眾人也各自歸家。

樓寧走到了這條路的最後一個攤子，吹糖人的老爺爺已經打算收拾東西回家：「姑娘，這個送給你，不要錢了。」

那吹出來的是一隻蝴蝶。

樓寧接過來，道了謝，開始往回走，發現這條路遠遠比她來時長，遇見的人也越發少了，走了半晌，竟只剩下她一個人。

走著走著，面前還出現了分岔路口。

來時只顧著玩了，根本沒有注意看路，如今根本無法判斷走哪邊才能按原路返回。

夕陽徹底地從山頭落下，如同明珠深深沉入海面。天光收攏，黑夜如期而至，四下變得安靜，樓寧清晰地聽見自己踩斷枯枝發出的聲音。

借著朦朦朧朧的月光，她尚且還能看清腳下，但遼闊的山野一片死寂，樓寧大概知道，自己應該是走錯路了。

「小姐……」

「樓小姐……」

呼喚聲傳來時，樓寧驚喜地應道：「我在這裡！」

蘇家兩個家僕大汗淋漓地跑過來，緊張兮兮地詢問樓寧一番，可有受傷，可有不適？樓寧說一切都好，只是迷路了。

三人在山林中走了半晌才出去，樓寧聽見身旁矮一點的那個家僕道：「竟已到了金泉澗。」

樓寧順著他的目光望去，發現前方一泓溪水旁，立著一塊形似金元寶的巨石。

另一個高點的家僕道：「到了金泉澗，離六爺的宅子就不遠了，要不今夜去六爺府上借宿？要是再回蘇府，恐怕還得走上好幾個時辰，就怕小姐吃不消……」

「你瘋了不成？」說話人的臉上露出了避之不及的惶恐表情。

兩人居然當著樓寧的面旁若無人地商量了起來，樓寧看著有趣，對他們口中所說的六爺頓時起了興致。

「那便去吧，本小姐不想走了。」樓寧捶了捶腿，一錘定音，解決了他們之間的爭辯。

「這這這……」對方結結巴巴。

樓寧笑著敲了一下他倆的頭：「這什麼這，就這麼定了。」

「唉，算了，便聽小姐的罷了。」識時務者爲俊傑，何況，面前是位傾城絕色的美人。

兩家僕一個提前跑去六爺那兒通報了，還剩一個領著樓寧慢慢走。

「你們所說的六爺是誰？」樓寧問道，「是蘇府的公子嗎？」

「回小姐，是蘇家的公子，排行老六。」

「排老六？那他怎麼一人住在外頭的宅子裡？」樓寧一臉虛心請教，據她所知，蘇家還未分家。

「六爺自幼體弱，身體不適，搬出來住是爲了調養。」

樓寧朝寂靜冷清的山林張望了一眼，若有所思道：「這荒郊野嶺的，還眞是調養身體的絕佳場所啊……」

她自顧自地感慨，蘇家的家僕卻快要被她問哭了：「小姐您就行行好，別問了行不行？有些事情，我們也不方便說啊……」

他們戰戰兢兢的，越發勾起了樓寧探究的心思。

頭頂的月光如山間輕薄的霧，潺潺流水聲從茂密的草木之後傳出，漸漸地，樓寧發現腳邊盛開了一路的妄生花。殷紅的花瓣在夜色中舒展，像滲透了鮮血一般，有種綺麗而鬼魅的妖冶之感。

「小姐小心些，走小路中間，不要靠得太近，千萬別被花枝劃了傷口。」家僕回過頭來提醒。

樓寧自然知悉，妄生花劇毒，且傳聞百年難得一見，誰知竟在這片山野悄無聲息地開成了連綿的花海。而且，看這架勢，應該是由人特地種植的，並非野生。

兩旁的樹影黑漆漆地搖曳在地，形態各異，像極了話本子裡的魑魅魍魎，遠山全變成了一片模糊的輪廓。

不知又走了多久，樓寧看見前方的路盡頭，閃爍著一盞微茫的燭火，好似夜空中的一顆星辰隕落，掉到了人間。

「小姐，快到了，看到前方的光了嗎？準是六爺派來接應我們的人！」

樓寧也默默鬆了一口氣，加快了腳步，朝前走去。

那一縷青衣影，在樓寧眼中逐漸變得明晰起來，模糊的面容，逐漸在她眸中具象，變成她朝思暮想的容顏。

竟是他。

等在路口的蘇清讓一個鞠躬，笑意溫文爾雅：「貴客光臨，有失遠迎，還望小姐恕罪。」

樓寧心中有煙花齊鳴，滿山遍野的荒涼夜色剎那變得璀璨。

她躬身回了一個禮：「小女子樓寧，敢問公子大名？」

林間有風穿過，帶動廣袖翩翩，聲音也隨風飄遠：「——在下蘇清讓。」

金風玉露一相逢，便勝卻，人間無數。

這便是他們之間的開始。

當晚樓寧入住了蘇清讓的宅子，滿室的月光傾斜，她輾轉反側，一遍又一遍地在腦海中勾勒那人的臉。夜裡實在睡不著，第二天很早便起了，她又在院裡看見了坐在簷下看書的蘇清讓。

這位蘇公子可眞勤奮，樓寧在心底暗暗感慨。

這時她還尚不知道，蘇清讓有宿疾纏身，苦於病痛，夜夜煎熬不能入睡，才會如此早起來。

她一心沉浸在相識的喜悅當中。

她緩著步子朝他走去，清晨還未綰的髮綴在身後，粉黛未施，穿著一襲素衫，在蘇清讓身旁的竹椅上落了座。

「六爺早。」她巧笑倩兮。

「樓姑娘早。」蘇清讓道。

兩人四目相對時，都在對方眼中望見自己的身影，然後不約而同地笑起來。

樓寧終於感到一絲羞赧，似胭脂染的紅暈悄悄爬上臉頰。

「昨晚放信鴿告知了蘇府，交代了姑娘的行蹤，他們一早便會派人來接。」蘇清讓以爲她是放心不下，一早過來詢問此事。

樓寧卻道：「不急。」

這答案出乎蘇清讓的意料之外：「昨夜夜深時，聽見姑娘房中有走動聲，可是睡得不習慣，難以入眠？」

「咦——」樓寧湊過去，薄脣輕啟，摻雜了一絲調笑，「六爺如何知道，我屋內半夜腳步聲頻繁？」

被這麼露骨的一問，蘇清讓差點招架不住：「你我房間相隔不遠。」

「因爲相隔不遠，夜晚安靜，不難聽得到一些響動。」蘇清讓一本正經地跟她解釋，面上也有了薄紅。

「是我擾到六爺了？」

蘇清讓搖頭，樓寧大發慈悲，臥在竹椅上終於沒有再詢問，秋水似的眼波流轉，不一會兒，倒睏了起來，打了個哈欠。迷糊中，身上蓋下來一件帶著溫度的衣袍。

「早間風涼……」

樓父和蘇府派人來接樓寧時，她同蘇清讓告別，來不及多說什麼，便只有一句：「等我。」

蘇清讓哭笑不得，這自古以來多是男子對女子的許諾之詞。

她卻讓他等她。

把人送至門口，樓寧翻身上馬，勒住韁繩回頭衝蘇清讓眨了下眼睛。

蘇清讓看著那匹白馬馱著她，逐漸在山野中走遠。兩旁蒼翠的林木中，那一身霜白的衣裙如墨滴入水中，無聲淡去。

女子清脆俏皮的聲音還在耳邊迴響。

她說：「後會有期。」

半個月後，樓寧跟隨樓父回到京都幕良，樓、蘇兩家聯姻，也提上了日程。

蘇家雖也稱得上百年世家，與樓家相比，還是差了那麼一點，且地處偏遠。樓家各房夫人個個提心吊膽，不想把自己女兒許配過去，唯有一個被收養的三小姐，是最好的人選。

樓寧一聽說對方是蘇家的病秧子蘇清讓，欣然應允。

樓家養女配蘇家棄子，實乃絕配。

她卻想，我與他果然是天定的姻緣。

那個盛夏，從幕良到臨廣，樓寧嫁進了蘇家。

紅色羅帳鴛鴦被，紅色囍字貼窗扉。樓寧罩著蓋頭，等了許久，門外終於有腳步聲響起，她把手指捏得發白。

遮住眼簾的那一方殷紅被徐徐挑開，蘇清讓就在她面前，她斟酌著露出一抹練習了許久的笑，嘴角勾起的弧度都恰到好處：「我們終於又見面了，夫君。」已經大膽地換了稱謂。

蘇清讓失笑，遞給她一杯合巹酒，樓寧卻遲遲不接。

她其實手抖得厲害，卻偏要做出一副天不怕地不怕的模樣，被胭脂潤紅的脣瓣微微翕動，未說出口的話，又咽了下去。

蘇清讓拉住她冰涼軟綿的手，溫溫的指尖替她暖了暖，輕聲道：「阿寧，莫緊張。」似乎是怕嚇到她，細聽，又包含了顯而易見的揶揄。

樓寧大概在這一秒才放下心來，她望著蘇清讓的面容，兩人相視而笑。

之後，他們在一起度過了彼此生命中最美好的一段時光。

樓寧極愛蘇清讓隱於深山中的這座宅子，兩人一起在院裡院外種滿了桃花，過著清閒自在的日子。

她最不喜的是，每逢初五，蘇家的人便會前來接蘇清讓回府一趟，商議家族事務。蘇清讓日出時分出門，日落便歸，有時會晚上一兩個時辰，夜空繁星滿天才能歸家。樓寧聽見門外的動靜，坐在院子門檻上等候，總會見他一臉蒼白地回來。

他自幼因身體不適，被蘇家視爲不祥之人，早年前搬出蘇家，居在山中，修身養性，對於朝堂之事並無過多牽扯。可蘇家卻又不能沒有他，衆子孫中，蘇清讓是最有學識、名望最高的那位。

「下月初五不准出門了。」見此，樓寧也會擺擺臉色。

蘇清讓道：「不可不去。」

樓寧鬧脾氣，當日未用晚膳便睡下了，也不曾理會過蘇清讓。

「阿寧——」

「夫人——」

「娘子——」

無論如何哄，她總歸不理不睬。

夜晚山雨驟來，蘇清讓關了窗戶，靜靜拿了卷書在燈下看。樓寧見此，氣惱地捶了下床，捲著薄毯滾了兩下。

陣雨敲打窗扉，一時間狂風呼嘯。

「蘇清讓！」樓寧一個鯉魚打挺坐起來。

「在。」

「外邊打雷了，下雨了，你家娘子生氣了，你還能讀得進聖賢書？都不知道過來哄一哄嗎？」

「娘子教訓的是。」

蘇清讓放了手中書卷，移步床榻前。樓寧起身替他寬衣，解開他墨色的腰帶，他卻順勢圈住她，把頭在她肩上枕了枕，不再鬆開：「我家娘子終於肯理人。」

室外風雨傾盆，這一方天地寂靜。

樓寧倏然什麼脾氣也沒有了。

深夜蘇清讓身上的妄生花毒發作，他在陣痛中醒來，樓寧在身側枕畔酣睡，依偎著他肩膀。

他著單衣起身，猝不及防吐出一口鮮血。

這時的蘇清讓已經藥石罔顧，病入膏肓。

他身上的妄生花毒，潛伏了十餘年之久，在蘇府是一項禁忌。因爲除了他的生父生母，幾乎所有血親皆是兇手。他父親顧全大局，無法處置衆妾，連原配妻子也是罪魁禍首之一，便睜一隻眼閉一隻眼，並未追究下去。

活了二十四年的蘇清讓，在未遇到樓寧之前，未曾對這個塵世抱有一分期待。

他在耗盡最後一絲生命之前，仍在愛她，他的結髮之妻。

恩愛兩不疑。

他從新婚那夜開始，便爲樓寧布下了很大一盤棋。

蘇清讓情變，是在那個寒風蕭索的冬天，當時樓寧被查出有孕在身，腹中胎兒已有兩月。

他跟樓寧提出和離，一別兩寬，各生歡喜。樓寧並未答應。

不日後蘇清讓攜新歡搬出了位於山野中的那處宅子，回到蘇府大院。樓寧仍賴在小宅中，固執地守著他們的家，剩下幾個忠心的家僕和丫鬟陪著過日子。

蘇清讓走後，那一路的妄生花零落成泥，不曾再開過。

直到他們的孩子出生，樓寧方再次見到蘇清讓，她把繈褓中的嬰兒給他看：「這是我們的女兒，還等著你給她取名呢。」

蘇清讓看了孩子一眼。

那一眼緩慢、凝重，摻雜了太多太多的情緒，最後卻變成了毫不加掩飾的嫌惡。

他道：「我不要的棄子，不能姓蘇。」

溫情的人一旦絕情起來，會讓人難以接受。身邊綠草如茵，樓寧如站在鋒利的刀刃之上艱難地行走，送至眼前的一紙休書被風席捲，飄了起來。

蘇清讓留給她的最後一句話便是：「你回幕良樓家吧。」

可樓寧沒有按照他的計畫走。

蘇清讓的這盤棋裡，最不聽話、最難以預測的一顆子，不止他自己的心，還有樓寧。

籌畫至今，蘇清讓耗費無數精力繪出了一幅臨廣地區的山河地理圖。臨廣易守難攻，蘇家憑藉地理優勢駐紮百年，私養家兵，如今才成爲三大世家之一。

幕良樓氏、葛中林氏不是不想取代它，只是苦於無從下手，蘇清讓給樓家提供了可下手的機會。

作爲籌碼，他換來了樓家重新接納樓寧的機會。

可是樓家派來的車馬，卻沒有接到樓寧。樓寧消失半年之久，將孩子託付給了奶娘，自己杳無音訊。

到頭來，蘇清讓所做的一切努力皆成齏粉，沒有了意義。

樓寧生死不明，派出去尋她的人個個無功而返。

在生命最後的那段時間，蘇清讓整日昏睡，偶有清醒時，不知窗外今夕何夕。斗室中終日焚著安神的冷香，裊裊白煙升騰而起，他那時想，他是不是做錯了，是不是他把樓寧逼上了絕路，所以她乾脆憑空消失，乾脆下落成謎，讓他苦尋不到。

可若要他再選一次，他依舊會如此。他死後，她絕不能留在蘇家，樓家會給她和孩子庇護。

他不知何處出了紕漏，他不知，樓寧從那凋謝的妄生花中看出了端倪。她四處打聽，從江湖人口中得知了妄生花需花毒血澆灌才能存活，蘇清讓的絕情有了解釋。

她歡天喜地，蘇清讓辜負她，只是爲了保護她。笑完又哭，顛三倒四，被逼瘋了一般，哭完她告訴自己，一定要救蘇清讓，一定要讓他活下來。

千萬不要低估一個深愛丈夫的妻子的決心。

蘇清讓的意識逐漸模糊，已經分不清白晝黑夜，春夏秋冬，唯有痛和回憶支撐。

他從奶娘那一處聽說，樓寧走之前給他們的女兒取了名字，叫樓毓，果真沒有姓蘇。他無法看著小毓兒一點點長大，心中有無限遺憾。

夢中未比丹青見，暗裡忽驚山鳥啼。

蘇清讓在夢中見了樓寧一面，於落英繽紛之中，她涉水而來，說我等你許久了。蘇清讓隨她而去。

房中的燭火微弱，漸漸熄滅。冷清的夜晚，有人在用羌笛吹奏臨廣荒涼的鄉調，簷下風鈴叮噹，送走無處棲息的孤魂。

樓寧從熾焰谷帶著妄生花毒的解藥歸來時，已經晚了，蘇清讓的最後一面也沒有見到。大概是在那一刻心死，連眼淚竟也無。

他們之間的故事，只有短短幾年光陰。蘇清讓耗盡了樓寧一生的愛與恨後，歸於黃土白骨。他希望她好好地活下來。

卻不知道，她卻只想化成一捧冰冷的骨灰，隨他而去。

樓寧帶著樓毓再次泯沒於人海，五年之後，她攜小小的面具孩童回京都。浮生若夢，後半生的樓寧入住深宮，搖身一變，成爲野史上記載在冊的寧夫人。

可她不過一縷孤魂。

誰教歲歲紅蓮夜，兩處沉吟各自知。

番外二　想得山莊長夏裡

辜渠。

題蕭第一天去學堂，心中難免有些忐忑。清晨早早醒了，他抓了把米去院裡餵雞，口中念念有詞：「天地玄黃，宇宙洪荒。日月盈昃，辰宿列張。寒來暑往，秋收冬藏……」

「哎呀！」一不留神，他被公雞啄了手。

他認得不少字，先前樓毓也教過他一些，《千字文》能背出大半了，只是還沒有正式上過學。

前幾日吃晚飯時，樓毓與周諳在飯桌上商量著，是該把蕭蕭送去學堂了。晚間兩人坐在昏黃的燭火下計畫著，題蕭上學應該要添置哪些東西，筆墨紙硯必不可少，還得買個可愛些的小布袋，入冬了需添置幾件厚衣，蕭蕭愛吃的糖葫蘆也捎兩串回來，只能吃兩串，再多就不好了，否則會壞牙……

樓毓每報一樣，周諳便提筆記下，列出了一張長長的清單。

「明日就去採辦。」他擱下筆，再提起，換了一頁新紙，邊寫邊說，「孩子的東西置辦完了，現在輪到娘子，娘子的梅花簪子舊了，娘子的冬衣得添新的，娘子的劍不夠好，城中新開的打鐵鋪子據說不錯，要去看一看。娘子雖不愛紅裝，但娘子的胭脂也得備著，別人家女子有的，你也不能少……」

樓毓捲了捲書，在他頭上敲了一記，笑道：「囉唆。」

題蕭本是過來找樓毓玩兒，在兩人臥房外聽到這些，掩著嘴巴躲在窗戶底下偷笑，心裡暖融融的。七個月前，他還經歷著絕望，那時候他以爲樓毓活不成了。

身染瘟疫的樓毓讓他去梅樹下挖一樣東西，送去幕良，找一個叫周諳的人。

題蕭知道幕良有多遙遠，茫茫人海找一個人有多難，等他做到了樓毓所囑託的，那時候，樓毓肯定不在了。

想到這裡，題蕭哭得稀里嘩啦，難以自已。他邊哭邊跑，結果撞翻一個老頭兒，那個老頭兒叫雀暝。懷中的人參掉在地上，被雀暝搶先一步撿起：「小崽子，你是不是偷東西了？這麼好的人參哪兒來的？」

那是樓毓留給題蕭救命的，說他要是覺得活不下去了，就咬一口含在嘴裡。

只不過題蕭不知道，這寶貝似的千年雪山參最初的主人其實是雀暝，雀暝對樓毓喜歡得緊，就把它送給了樓毓。

自己的東西，自己當然眼熟，雀瞑一看便知那是他給樓毓的雪山參。

題蕭哆哆嗦嗦地對雀瞑指著身後的火海：「人參是我姊姊的，你救救她——」

樓毓的命是雀瞑救的。

當初的一句「藥王死了，天大的本事都無用，你還活著，還有無限可能，光憑這一點，你就比他厲害」言猶在耳，雀瞑熬著藥，心說丫頭你都這麼誇我了，我要是治不好你可真對不起那句誇獎。

雀瞑只用了十七天時間，晝夜不分，治好了樓毓的瘟疫，用實力說話，他確實比藥王厲害，做了一件利國利民的大事。

那時候千重門的衆人和樓淵的青衣侍衛，還在漫無目的地尋找樓毓的下落。

再過十個晝夜，千重門衆人知道再也瞞不下去，主動請罪，飛鴿傳書到了幕良，送至周諳手上，讓周諳神魂俱碎。

殊不知，這時的樓毓已經從鬼門關走了一遭回來。

痊癒後的她，帶著題蕭去找樓淵，用手中的兵符同樓淵換了一樣東西——一封手信。

他在信中承諾，將來繼位之後，絕不爲難周諳，絕不動兵剷除千重門，絕不能日後報復。

「你爲了他，甘願做到這種程度？」樓淵在紙上按下血手印，聲音艱難地從喉嚨裡擠出來，喑啞難聽。

「我只有他了。」

一身白衣的女子牽著小小孩童，自城門走出去，始終沒有回頭。

樓淵低低地笑出聲，眼中萬里江山如畫，無盡的落日餘暉轉瞬之間化爲無盡的繁星滿天，寒霜露重。

「你只有他了，那我呢？」

第一天放學回來，題蕭坐在板凳上，一言不發。

周諳看完千重門的帳本出來，見他似乎有些難過，就問：「上學不好玩嗎？」

題蕭搖頭，又點頭，十分矛盾和苦惱的模樣。

周諳說：「你說來聽聽，我替你阿毓姊姊開解開解你，她去後山試劍了，待會兒就回。」

題蕭說：「坐在我旁邊的傅小七問我，我娘叫什麼，我爹叫什麼，我答不上來，我一生下來就只有爺爺。」

「明天你告訴他，你娘叫樓毓，你爹叫周諳。」

題蕭聽完眼睛亮晶晶的，方才的鬱悶煙消雲散了。

樓毓回來，就見院子裡坐著一大一小，齊齊朝她招手的模樣。她問題蕭：「頭一天上學感覺怎麼樣？」

題蕭笑咪咪地說：「很好玩。」

樓毓於是放心。

日子安逸，時間也過得飛快，今年的第一場雪落下，轉眼間臨近除夕。雪勢還小時，牆外還有人聚在一塊兒嘮嗑閒話，哪家的媳婦生了娃，哪家今年收成好，哪家的孩子不聽話讓人操碎了心，無非還是那些家長裡短的小事，斷斷續續飄進來。

家中小火爐上溫著酒，周諳懶得再去書房，與樓毓一同擠在軟榻上不想動彈。題蕭看他們時不時抿一口小酒，有些眼饞。

「喝一口？」周諳慫恿他，被樓毓一眼瞪回去。

「小孩子不能喝酒。」

酒換成了甜湯，送到題蕭手上，也是溫的。

雪漸漸大了，洶湧澎湃，屋內的爐火便燒得越加旺。凜風被擋在窗外，呼呼刮著。題蕭全身懶洋洋的，枕著樓毓的腿舒服地窩在榻上睡了，耳邊還有窸窸窣窣輕言細語的說話聲，催人入眠。

「明天就過新年了……」

「今晚早點睡，明早定會被鞭炮聲吵醒……」

「我們也要放一掛，討個好彩頭！以後每一年都要一起過。」

「每一年是多少年？」

「一起活到多少歲，便有多少年。」

（番外完）

Story 070

雲水千重

作　者—靳山
校　對—沈維君
主　編—謝翠鈺
企　劃—陳玟利
封面設計&繪圖—劉慧芬
美術編輯—趙小芳

董事長—趙政岷
出版者—時報文化出版企業股份有限公司
108019台北市和平西路三段二四〇號七樓
發行專線—（〇二）二三〇六六八四二
讀者服務專線—〇八〇〇二三一七〇五
（〇二）二三〇四七一〇三
讀者服務傳真—（〇二）二三〇四六八五八
郵撥—一九三四四七二四時報文化出版公司
信箱—一〇八九九　台北華江橋郵局第九九信箱
時報悅讀網—http://www.readingtimes.com.tw
法律顧問—理律法律事務所　陳長文律師、李念祖律師
印　刷—勁達印刷有限公司
初版一刷—二〇二四年四月五日
定　價—新台幣三二〇元
（缺頁或破損的書，請寄回更換）

時報文化出版公司成立於一九七五年，
並於一九九九年股票上櫃公開發行，於二〇〇八年脫離中時集團非屬旺中，
以「尊重智慧與創意的文化事業」為信念。

雲水千重 / 靳山作 . -- 初版 . -- 臺北市 : 時報文化出版企業股份有限公司 , 2024.04
面 ;　公分 . -- (Story ; 70)
ISBN 978-626-396-064-0（平裝）
857.7　　113003461

本書繁體字版由大魚文化傳媒授權時報文化出版企業股份有限公司出版
ISBN 978-626-396-064-0
Printed in Taiwan